屋根裏のチェリー

Yaneura no
Cher-ee

★

吉田篤弘

Atsuhiro Yoshida

角川春樹事務所

目次

装幀――――クラフト・エヴィング商會［吉田浩美・吉田篤弘］
イラスト――著者

屋根裏のチェリー

屋根裏のチェリー

そんなことは分かってる

そして、冬はある日、何の予告もなしに終わってしまう。

わたしは、あいかわらず、この屋根裏部屋にいて、眠くて、寂しくて、お腹がすいていた。ベッドに潜り込んだまま、毛布の向こうからくぐもって聞こえる窓の外の音に耳をそばだてている。いろいろな音が聞こえてくる。聞こえすぎてしまうときもある。窓の向こうではとっくに町が動き始めていて、電車の行き交う音が低く響き、誰かが物干し台で布団を叩く音が聞こえる。意味の分からない声をあげているのは小さな子供だろうか。

子供の頃に戻りたい。いつも、そう思う。でも、そう思うのはいけないことなのだと、いつからか自分に言い聞かせている。どうせ、もう戻れないのだし、戻れない時間や場所にいつまでもしがみついていたら、

「前へ進めなくなるよ、サユリ」

わたしの中にいる小さな彼女が言う。

彼女の名前はチェリー。わたしがつけた名前だ。理由はいたって単純で、「チム・チム・チェリー」を歌うのがうまいからだ。

「もっと外へ出て行かなくちゃ」

チェリーのアドバイスはいつも正しい。

もういちど繰り返すが、彼女はわたしの頭の中にしか存在していない。ただ、ときどき頭の中から小さな投影機が小気味よい音とともに飛び出し、カチリと小さな光がついて、わたしの身のまわりのどこかに、小ぶりのメロンひとつ分くらいの光のかたまりを投影する。

その光の中にチェリーはいる。身長は、ちょうどレモン・ソーダの空き壜と同じくらいだ。

わたしはマルタ飲料のレモン・ソーダの熱烈なファンだ。部屋の隅に十二本入りの箱を常備し、飲み干した空き壜が常にどこかに置きっぱなしになっている。

正確に測ったことはないが、壜の高さは二十センチといったところか。チェリーの身長もほぼ同じで、そう考えると、彼女の正体は、わたしがレモン・ソーダの飲みすぎで見てしまう幻なのかもしれない。

というか、まずそうなんだろう。そうなんだよね、と彼女に訊いてみようかと思うけれど、いや、やっぱりやめておこう、と踏みとどまる。訊いてしまった途端、頭から突き出た投影機ごと消えてしまうような気がするからだ。

彼女のことは誰にも話していない。話すような相手もいないし、彼女と話していれば、それでいいような気がしてくる。でも、

「そうはいかないんだよ、サユリ」

チェリーは眉《まゆ》をひそめる。

「いつまでも、こんな屋根裏部屋にとじこもっていないで、町へ出て働かなきゃ」

本当にそうなんだろうか。わたしのこれまでの人生は、おおむね、いいことがなかった。でも、ただひとつよかったのは、父が遺《のこ》したこのアパートを引き継ぎ、あくせく働くことなく、住人たちからいただく家賃で暮らしていけることだった。

「それはたしかに逆転ホームラン並みのいいことだったけどね」

チェリーは意地悪そうな目でわたしを睨《にら》んだ。

「でも、町に出て行かないと、人に会えないし、そうなると、友達や恋人や未来の家族まで出来なくなるよ」

「いいの」とわたしは横を向く。

そんなことは分かってる。

だいたい彼女は、わたしがすでに考えていたことを、いかにも、わたしが何も理解していないかのように諭《さと》そうとするのだ。

「バイバイ。また、あとでね」

わたしがそう言って頭を振ると、投影機も光のかたまりも消えて、チェリーの姿は蠟燭《ろうそく》の火を吹き消したように見えなくなる。もちろん、その声も。

わたしはあくびをした。したくなくても、あくびをするふりをする。もう、チェリーはいなくなって、誰も見ていないのだけれど。わたしはきっと、「眠いのを我慢しながら食事の準備をする自分」を、誰へ向けてでもなく演出したいのだ。わたしには、そういうところがある。ひとの目を気にするのはもちろんのこと、ひとの目などないのに、理想的な自分を演じつづけている。


ぐずぐずと着替えた。寝間着からスエットの上下に。

とはいえ、寝間着は上下ともスエットの着古したものだから、着替えても、さして変わらない。それでも、しっかり着替える。「それでも」というのが重要なのだ。

時計を見る。水色の文字盤の壁掛け時計で、おそらく、この部屋でオーボエの次に高価なものだろう。

午前九時五十分。

なんとか九時に起きるべく自分を律したいけれど、どうしても、こんな時間になってしまう。わたしのように、日々、働いていない人間は、九時までに起きないとどんどん駄目になっていく。

これは誰かから聞いた話ではなく、毎日繰り返してきた経験から学んだことだ。

これがさらに高じて、十時を過ぎてしまったらもうアウトだ。口ぐせが「どうせ」になる。起床時間でつまずくと、その日一日の時間の流れが、すべて投げやりな空気に支配されてしまう。

どうせ、急いだって仕方がない。

どうせ、やることなんてろくにないのだし。

どうせ、予定していたことはうまくいかない。

どうせ、誰もわたしに期待などしていない。

というか、わたしには、わたしに期待を寄せてくれるような友人や仲間がいなかった。少し前には、「運命を共にする」と思っていた仲間がいたけれど、彼らや彼女たちと会うことはほとんどなくなった。もちろん、連絡先は知っていて、携帯の番号もメールアドレスも知っているけれど、連絡し合うことはまずなくなった。特に用事がないからだ。

同じ理由で、わたしは親戚付き合いもほとんどしない。そもそも、わたしには家族がいない。母は大昔に家を出て行ったきりで、父は心臓を患って、さっさと逝ってしまった。わたしには兄も姉も弟も妹もいない。

それだけではない。よく通っていた食堂も喫茶店もコインランドリーも銭湯も、みんななくなってしまった。銭湯の帰りによく見かけた野良猫もいつからか姿を見せなくなり、屋根裏部屋の窓辺にやってきていた鳥たちも、すっかりあらわれない。

みんな、そうしていなくなっていく。いくつもの喪失感が縒《よ》り合わされ、それが、「どうせ」のひと言に集約されて口からこぼれ出る。でも、

「どうせ、ばかりを繰り返す人生なんて最悪じゃない」

チェリーなら、そう言うだろう。

そんなことは分かってる。

だからわたしは、たとえ代わり映えがしなくても、着古したスエットから新しいスエットに着替え、眠たい目をこすりながら食事の準備を始める。やかんでお湯をわかし、パンを切って、パンの断面を眺め、冷蔵庫の前に立って、冷蔵庫に映るぼんやりした自分の顔を眺める。果物ナイフで小さめのトマトを四つに切り、レタスの葉をちぎって水で洗って、ペーパー・タオルで水気をふきとる。

朝の食事はどんなにささやかなものであっても、自分でつくるのがいい。目覚めたばかりの、まだ現実の輪郭がぼやけた朝の台所で、パンを切って、パンの断面を眺め、冷蔵庫からバターを取り出してパンに塗っていく。

他のことは考えない。ただ、パンとバターと自分の手の動きだけを見つめる。

そうするうち、わたしはどうにか自分が生きているこの世界の住人になっていく。

チェリーは、わたしが「外へ出て行かない」としきりに言うが、決してそんなことはない。たしかに働いてはいないけれど、外に出るのは嫌じゃない。

窓の外に見える空が気持ちよく晴れていれば、出かけたくなる。いや、空が曇っていても、それはそれで出かけたくなる。いやいや、それればかりか、少しの雨であれば、レインコートを着て出かけてしまうときもある。少々、奮発して買った淡いグレーのレインコートだ。雨の日に着ないで、いつ着るというのか。

でも、アスファルトに叩きつけるような雨のときは屋根裏部屋にひきこもる。そのとき、この部屋が冬眠を始める熊の穴ぐらみたいに居心地よく感じられるよう、ランプや本や膝《ひざ》かけのことを、あらかじめ考えておく。

どうして人間は冬眠をしないのだろう。すればいいのに。いや、したいのなら、勝手にしてしまえばいいのか。それは、わたしの自由だ。単に人間がどんなふうに冬眠をすればいいか、その基準となるルールが確立されていないだけなのだ。

お湯がわいた。コーヒーをいれよう。

半年ほど前に貯金をおろして、豆を挽《ひ》く機械を大きな電器店の棚おろしセールで手に入れた。日本語では「コーヒー粉砕機」というそうだ。紙のフィルターを使い、粉砕されて粉になった豆を濾《こ》す。「濾す」という作業を、わたしはこうして身につけた。もし、自分でコーヒーをいれる時間を持たなかったら、わたしは「濾す」ことから遠く離れたまま一生を終えたかもしれない。

自慢ではないけれど、わたしは食べるのがはやい。誰と競っているわけでもないのに、あっという間に食べ終えてしまう。コーヒーもまた同じく。コーヒーとしても不本意だろうけれど、ほとんど、パンとレタスとトマトを流し込むために飲んでいる。

誰に似たのだろう。たぶん、母親だ。父は絵に描《か》いたような穏やかな人で、決して、パンをコーヒーで流し込んだりしなかった。ゆっくりゆっくり指先で慈しむように六枚切りのいちばん安い食パンを食べていた。

母のことはよく知らない。わたしが六歳のときに突然いなくなった。最後にドーナツをつくってくれたのを覚えている。逆に言うと、そのドーナツ以外は何も覚えていない。少し前までは他にも何か覚えていたような気もするけれど、何を忘れてしまったのか、それすら分からない。

濃いコーヒーをわたしは好まない。砂糖やミルクといったものも、自分でつくるコーヒーには必要ない。出かけるときは、オリーブ色の携帯用保温ポットにいれたての熱いコーヒーを入れていく。焦茶色の湯気のたつ飲みものをポットに入れ、肩からさげるそのときそのときの鞄に押し込んで出かける。たいていは買いものに行く。たまに電車に乗って、行きつけの美術館へ、ぼんやりと絵を観《み》に行くこともある。

電車に乗ると、ドアの近くに立って、ドアの窓ごしに外の景色を眺める。

第一に雲を見る。第二に家々の屋根を見る。屋根なんてろくに見たことがないと昔の人は言うかもしれない。でも、いまは電車に乗って、それが高架式の高いところを走るものであれば、窓の外に延々と屋根を見ることになる。

わたしは屋根が好きだ。屋根裏部屋に住んでいるのも、屋根に親しみがあるからだ。さらに言うと、この部屋はこのあたりのどこよりも高い位置にある。町でいちばんの高さと言っていい。つまり、ここはこのアパートの屋根裏であると同時に、わたしが生まれ育ったこの町の屋根裏に位置していた。

窓はさして大きいとは言えないけれど、それでも窓から頭を突き出して眺めれば、北から南へかけてひろがる町の全体が見渡せる。都会のターミナル駅から急行でふた駅のところにあり、見渡した町のはるか向こうには、ターミナルを擁した巨大な都市を象徴する高層ビル群が他の星の風景みたいに見える。あの天にまで届くような繁栄に比べ、わたしの生まれた町のにぎわいはずいぶんと可愛《かわい》らしい。小さな商店が密集し、飲食店を除くと、どういうわけか古着屋や古道具屋といった使い古されたものを並べる店が目につく。

そのせいで、人の往来はそれなりにあるのに、どことなく、のんびりとした印象をぬぐえない。それは、おそらくわたし自身の性格にも反映されているだろう。子供の頃から、ずっとこの風景を見て過ごしてきたのだから。


「あのさ」

またチェリーがあらわれた。ちょっと油断すると、いつのまにかお出ましになる。

わたしは小さくため息をついて、冷蔵庫からレモン・ソーダを取り出し、古道具屋で見つけた半世紀前の栓抜きで蓋《ふた》をあけた。壜にそのまま口をつけて飲む。氷を入れたコップに注《つ》いで飲むのもオツなものだけれど、すぐに飲みたいときはラッパ飲みに限る。

「なに?」

わたしは口の端をぬぐいながらチェリーに応《こた》えた。

「前から訊こうと思っていたんだけど、サユリは子供の頃からこの屋根裏部屋にいるわけ?」

チェリーは姿を見せるたび、ちょっとずつ着ている服や髪型が変わっていく。いまはマッシュルーム・カットが少し伸びたくらいで、ダーク・ブルーにグレーのストライプが入ったポップなデザインのスーツを着ている。襟の小さな白いボタンダウンシャツに細身の濃紺のネクタイを合わせ、足もとはといえば、つま先が尖《とが》ったアメ色のショートブーツを履いている。

（ふうん）と、いつも思う。

どういうわけか、彼女はわたしが絶対に思いつかない、けれども、絶対に一度は試してみたい格好をしている。

「そうよ」

わたしは短く答えて、レモン・ソーダを飲んだ。物心ついたときから、この小さな屋根裏がわたしの部屋だった。父と母はすぐ下の三階にいて、その下の二階分をアパートとして貸していた。いまは三階も二部屋に改装して貸し出している。

そういうわけで、わたしは都合六世帯の大家なのだけれど、いささか古びてきたせいか、六部屋のうち三部屋、つまり半分は空き部屋になっている。

そうしたことを考え合わせると、たしかにチェリーの言うとおり、家賃収入に寄りかかってはいられない。いずれ、この古びた建物を全面的に改築する必要もある。いまの生活がいつまでつづくものか、先のことは分からない。

「そのとおり」

チェリーはわたしが心の中で言葉にしたものまで、すべて聞きとってしまう。

「だから、先手を打つの。いい？」

チェリーはたぶん、若かったときのわたしがなりたかった自分なのだ。物事を明るい方へ、良い方へ、希望のある方へと考える。常に陽気で弱音を吐かない。まかり間違っても涙など流さない。仮に五秒間ほど暗い影のようなものがよぎったとしても、

「大丈夫、なんとかなる」

すぐに影を振り払う。

わたしは、どうあがいても彼女のようになれなかった。

極度の人見知りで、たいていのことをうまく話せず、誰かにフレンドリーに話しかけられても、こわばった笑顔しか返せない。胸の奥には、もっと楽しく振る舞いたいという思いがあるのに、どう表していいのか見当がつかない。

「でも、サユリには音楽があったでしょう」

チェリーは何でも知っていた。それはそうだろう。わたしの分身みたいなものなのだから。

でも、それにしては、わたしのこの暗さや、優等生を装った見かけだけのおとなしさが微塵《みじん》もない。うらやましい。そして、うらやましいと思う自分が分からなくなる。だって、彼女がわたしの分身であるなら、わたしがわたしをうらやましがっていることになる。

「どうして、音楽に戻らないの」

「どうしてって、戻れないからよ」

わたしの「音楽」はひとりで奏でるものではない。オーケストラというものがあって、初めて成立する。その肝心のオーケストラが解散してしまったのだから——。

「別のオーケストラに参加すればいいじゃない」

ごもっとも。それはまったくもってそうなのだけれど、わたしが心惹《ひ》かれるオーケストラには、すでに優秀なオーボエ奏者がいらっしゃる。

というか、素晴らしいオーボエ奏者がいるから、わたしはそのオーケストラに魅了されるのだ。わたしに、その代わりは務まらない。わたしは優秀ではないし、素晴らしくもない。わたしには、あの、ところどころ凸凹のある手づくりのオンボロ・オーケストラがちょうどよかった。

南側の窓辺に立ってみる。その窓はいつもカーテンが閉めてあり、窓どころかカーテンさえ開けることもない。カーテンを開けて、ややガタのきた古びた窓をひらけば、すぐそこの眼下にガケ下の町がひろがっている。

でも、ひらかない。ひらかなくても、分かってる。

そこに、わたしのオーケストラがあった。

そんな言い方は本当のところ正しくなく、正しく言うなら、「わたしの」は「わたしが所属していた」だ。「あった」というのも、微妙におかしな表現で、「オーケストラがあった」と言うと、まるでそういう場所が存在していたかのように思われる。

でも、これは、あながち間違いではないのかもしれない。もちろん、オーケストラは場所ではない。演奏者、つまり人間の集まりで、でも、オーケストラと呼ばれるほどの人数が集まって演奏をするとなると、どうしても、それ相応の場所が必要になる。

その「場所」が、ガケ下の町のいちばんはずれにあった。皆が集まって練習をする場所だ。楽団員のほとんどはガケ下の町の住人で、それぞれに自分の身を立てる仕事をもっていた。アマチュアの楽団である。その名も〈鯨《くじら》オーケストラ〉。

「どうして、そんな名前なんだっけ」

チェリーが知らぬふりをして訊いてきた。

「もういいのよ、そんなこと」

すでに存在していない楽団のことを、あれこれ言っても仕方がない。

「そうかな」とチェリーはあきらめなかった。「オーケストラのメンバーは、いまでも町にいるんでしょう?」

「知らないよ」

本当に知らないので、そう答えた。あれから、ガケ下にはほとんど行っていない。

「ほとんど?」

チェリーは容赦なかった。

「そうね」と、わたしは言葉をにごす。まぁ、言葉をにごしたところで、チェリーにはすべてお見通しなのだが。

つい、このあいだ、なんとなく去年の手帳をめくっていたら、「坂の下のスーパーへ行って、洋梨を買った」とあった。洋梨が店先に並び始めた季節の、何ら特別ではないある日のメモだ。でも、その日のことはよく覚えている。ひさしぶりにガケ下の町へ行ってみようという気になった。気候がよかったのだろう。晴れ晴れとした思いでおなじみの急な坂を下り、大通りを渡った向こうにあるスーパー・マーケットまで歩いた。

そのスーパーではオーケストラの練習の帰りによく買い物をしていた。牛乳、ベーコン、キャベツ、玉ねぎ、豆腐、缶詰、即席麺《そくせきめん》――そうだ、忘れちゃいけない、レモン・ソーダも。重たい袋をさげ、あの急な坂をのぼるときも、わたしは鼻唄を歌っていた。

そんなかつての自分の背中を少し離れたところから見る思いになり、わたしはずいぶんと物色した挙句、洋梨だけを買って帰った。

急な下り坂の帰り道は、当然ながら急な上り坂になる。

それにしても、どうしてオーケストラにいた頃は、こんな坂道を鼻唄まじりでのぼれたのだろう。運動不足なのか、加齢によるものか、なんだか情けなくなって、（もう、しばらく来ない）と静かに誓ったのを思い出す。

でも、その洋梨がおいしかったかどうかは覚えていない。代わりに、指先のずきずきとした痛みがよみがえってきた。ナイフで洋梨の皮を剝《む》いていたら、ぬるっと手がすべったのだ。空気の乾いた日に指先を切ってしまうと、驚くほど鮮やかにすっぱり切れる。

絆創膏《ばんそうこう》を探したが、すぐには見つからなかった。間違いなく買ってあるはずなのに。

仕方なく、旅行鞄の中にしまってあった予備の絆創膏でどうにか間に合わせた。われながら、よく思いついたものだと感心した。旅行には何年も行っていなかったし、旅行鞄はクローゼットの奥に押し込んであった。

ただ、楽器をたしなむ者としては、とりわけ指先の怪我に注意を払う必要があった。すみやかに手当てができるよう、消毒液と絆創膏は必需品で、旅行に出るときは、「必ず持っていくもの」の筆頭だった。そうした習慣に自分のずぼらな性格を掛け合わせると、旅行から帰ったとき、洗濯すべき衣類はすぐに鞄から取り出すが、絆創膏はどうせまた旅に出るときに必要なのだから、と取り出すこともなく入れっぱなしになっている――そう推測した。

これがまったくそのとおりで、推測を大幅に上回るおまけもついた。まずは、鞄の内ポケットの取り出しやすいところにひと箱見つけ、それで急いで手当てをしたあと、ふと思いついて、別の内ポケットを探ったところ、そこにもひと箱見つかった。

「結局、四箱も出てきたのよね」

チェリーはあのとき、わたしの様子をベッドの端に腰掛けて見ていた。

「よかったじゃない」と言いながらも目つきが少し冷たく、「サユリは後片づけってものが、まったく得意じゃないよね」

わたしに向かってというより、ひとりごとのようにつぶやいた。

そうなのよ。そんなことは分かってる。

「まぁ、でも、後片づけをちゃんとしないから、そのまま残っていたってことだよね」

チェリーがポジティブに話をまとめてくれた。

「だからサユリは、ガケ下の町にもオーケストラにも心残りがある。そうでしょ？」

どうして、その問いに答えなくてはならないのか。チェリーは知っているのだ。わたしがどんなふうに考え、何を望んでいるのか。声に出して答えなくても、もしかして、わたし以上に知り尽くしているかもしれない。

部屋の中を見渡した。

わたしの屋根裏部屋。こればかりは「わたしの」と言いたくなる、わたしの場所。

決して広くはない天井の低い部屋。冬は寒くて夏は暑く、でも、風通しがよくて、なにより子

供の頃からためこんできたわたしの所有物がすべて揃《そろ》っている。幾たびもの大掃除に耐えぬいてきた本とCDと服と――、

「ガラクタ」

チェリーが声をあげた。

「なんだか分からないガラクタ」

そうだ。本当を言えば、本もCDも服もほんのわずかで、じつのところ、この部屋にひしめいているのは、巷《ちまた》の古道具屋でせっせと買い集めてきた得体の知れないものばかりだ。

もし、アパートの入居者がゼロになってしまったら、このガラクタを並べて古道具屋を始めればいい。その気になれば、本当にできるんじゃないかと思う。ただし、高価なものは本当にひとつとしてなく、チェリーが「なんだか分からないガラクタ」と呼ぶ所以《ゆえん》である。

「シャッターの切れないカメラ、レンズの割れた虫眼鏡、音が出ないラジオ、背表紙のはずれた重たい本、固まったままの絵の具のチューブ――」

チェリーが部屋の中のあちらこちらに置いてある「ガラクタ」に触れてまわり、「どうして、こんなものを集めているの」と憤慨したように腕を組んだ。

「ねぇ」とわたしはチェリーに声をかける。「そんなことより、歌ってよ」

「ダメ」とチェリーは首を振る。「こっちの言うことを、ひとつも聞いてくれないのに、自分ば

っかり」

たしかにね。じゃあ、分かりました。

ずいぶんと久しぶりだけど、南側の窓を開けましょう——。

カーテンを開け、ロックを解除すると、「よし」と自分に気合を入れて窓をひらいた。

途端に風景がひろがる。

まるで、オーケストラの音合わせが済み、あのわくわくする最初の一音がたちあがったときのように、わたしの中で閉じられていた窓がひらかれた。

屋根が見える。数えきれないくらい、たくさんの屋根だ。

チェリーが、

「すっ」

と息を吸うブレスの音が聞こえ、それから、見えないオーケストラの演奏にあわせて、十八番の「チム・チム・チェリー」を歌い始めた。

屋根裏のチェリー

土曜日のハンバーガー

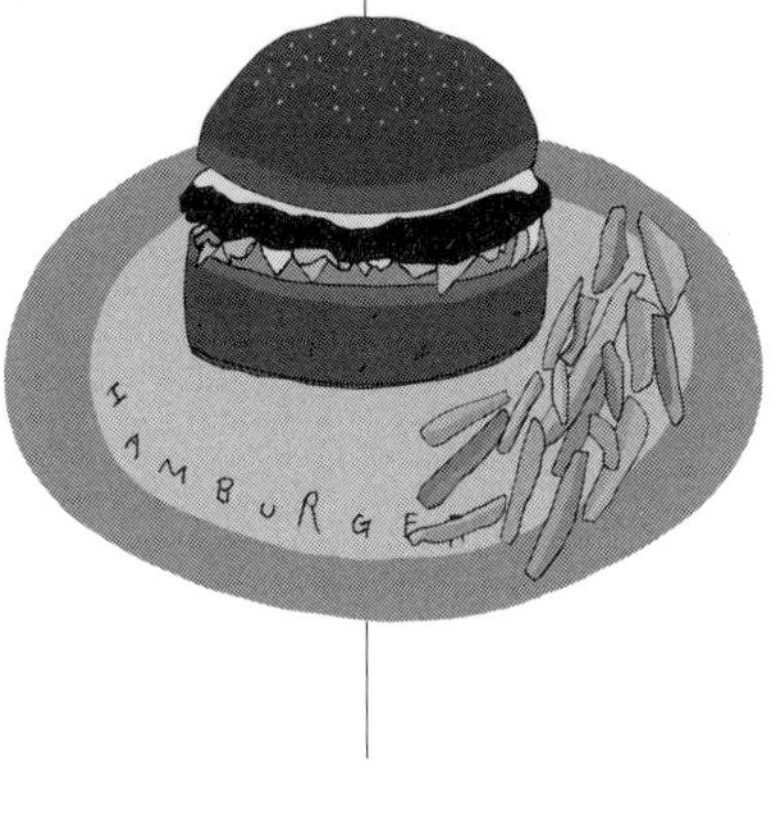

どうしてか、思い出されるのは食べもののことばかりだ。

「どうしてか？」とチェリーがすかさず茶々を入れる。「どうしてかって、それはサユリが食いしん坊だからでしょ」

まぁ、そうなのだけれど、せっかくオーケストラのことを振り返ってみようという気になったのに、最初に思い出されるのが、定食屋〈あおい〉の話というのも――、

「どうなのかなと思って」

チェリーはいつのまにか出《い》で立《た》ちが変わり、髪型はそのままだが、スーツのパンツが派手な花柄のスカートになっていた。

「サユリはお腹がすくと機嫌が悪くなるし、機嫌が悪くなると口数も少なくなって、子供モードのサユリになっちゃうでしょ」

そのとおり。わたしは子供の頃、ものすごく無口で、暗くて、いつも眠たくて、夢ばかり見て、

お腹がすいていた。

土曜日が好きだった。毎日が土曜日ならいいのにと思っていた。

「どうして？」

チェリーは壁にぶら下げてあるカレンダーを眺めている。

「日曜日の方がよくない？」

「よくないよ」

日曜日って、どういうわけかすぐにお昼になって、すぐ夕方になって、すぐ夜になる。夜になったら、月曜日がもうすぐそこまで迫ってくるし、とにかく月曜日は最悪で、月曜日の朝になると体がぐったりして動けなくなった。あやつり人形の糸が切れたみたいにベッドにうずくまり、なぜかしら微熱も出たりして、ちょくちょく学校を休んだ。

そこへいくと、土曜日は次の日が休みなので、遅くまで起きていられる。そう思うと、一日の時間も長く感じられて、気持ちが落ち着いた。

「同じ一日なのに？」

チェリーは納得がいかないらしい。

「そう。同じ一日なのに」

わたしもチェリーの真似《まね》をして腕を組んだ。

「時間って不思議」

チェリーは組んでいた腕をほどき、急に目を輝かせて子供の顔になった。

「それってつまり、自分の気持ち次第で長くなったり短くなったりするってことでしょ」

「そうね、それはそうかもしれない」

でも、いまのわたしにとって、一日が長く感じられるのは、少々退屈だった。何もすることがない。することがないと一日はやけに長く、その長さに気が滅入《めい》って、

（早く昼になればいいのに）（夕方になればいいのに）（夜になればいいのに）

一日に何度も唱えてしまう。それが毎日繰り返されると、結局、わたしは人生を早く終えてしまいたいのか、とそんなことまで考えてしまう。

「そうじゃないんでしょう？」

チェリーは子供の顔のまま声まで退行し、なんだかミクのような喋《しゃべ》り方になった。


ミクはわたしが子供の頃、ただ一人仲がよかった親友だ。ちょっと太っていて、ちょっと変わっていて、とっても優しくて、いつでも、わたしの味方になってくれた。もし、彼女が聞いたこともない遠いところへ引っ越さなかったら、わたしのこれまでの人生は少しばかり違うものになっていたかもしれない。

「大人になったらさ——」

ミクは言っていた。

「サユリと二人で、ハンバーガーの店を開くの」

「あ、それいいね。絶対だよ。忘れたらだめだよ」

わたしは彼女と指切りをした。あれはいくつのときだったのか。彼女が急に「転校することになったの」と言い出した一週間くらい前のことだったから、たぶん十歳のときだ。

たった一週間しかつづかなかった夢。一週間で取り消しになってしまった約束。

でも、夢が「つづかなかった」というのは、わたしがわたしについている嘘で、夜に見る夢ではなく、起きたまま見る夢の中で、わたしはミクとハンバーガー屋を営んでいた。

とびきりおいしいハンバーガーだ。いれたてのコーヒーもあるし、揚げたてのフライド・ポテトもある。あとは店の名前さえ決まれば、わたしのこの夢は完璧だ。でも、なぜか決まらない。名前が思いつかなくて、じれったくなって、はっと目が覚める。

ついでに言うと、わたしは夢の中で、その「とびきりおいしいハンバーガー」を食べたことがなかった。食べたことがないのに、「とびきりおいしい」と断言するのはよろしくない。だから、一刻も早く、心から「おいしい」と言いたいのに、さぁ、いよいよ、ハンバーガーにかぶりつきますよ、という場面で、

「また、ハンバーガーの夢？」

チェリーが余計な横槍《よこやり》を入れてくる。

だから、言ったでしょう。わたしの記憶はどれも食べることにつながっていて、逆に言うと、そこに「おいしい」とニンマリした喜びがあったから、そのときのことをよく覚えている。

「だって、そうじゃない？」

チェリーに指摘されたわけでもないのに反論したくなった。

「おいしかったから、また食べたいって思うわけだし、また食べたいっていう強い気持ちが記憶を支えているのよ」

他に何があるというのか。（また食べたい）を超える強い思いなどあるだろうか。（また食べたい）と思うから、わたしは（また）に向かって生きる。食べたいから生きていくというのは、動物の本能として、きわめてまっとうなものではないか。

「それで？」

チェリーがなんとなくニヤついた顔でこちらを見ていた。

「その定食屋〈あおい〉の思い出って、どんなことなの」

「あれ？」

わたしはチェリーの小さな顔を見返した。小さいけれど、よく見ると眉間《みけん》にしわが寄っていて、唇が荒れているのか、リップ・クリームがつやつや光っている。

「話したことなかったっけ」

「知らない」とチェリーは首を振った。

そうだっけ。チェリーの知らないことがあるなんて驚きだ。わたしは彼女のことをまだよく知らないが、ただひとつ、チェリーがわたしのすべてを知り尽くしているということだけは知っている。

「どんな食堂？」

「川のそばにあってね、でも、川はもう見えなくて暗渠《あんきょ》になってるの」

わたしは目を閉じた。

「きっと、昔は川の流れる音が聞こえてきたんだろうなって思いながらね、いつもササミカツ定食を食べてた。いつ行っても、テーブルクロスがまぶしいくらい真っ白で、暖簾《のれん》が風に揺れて、お客さんはわたしの他に誰もいない。テレビがあって——テレビなんてわたしは観ないけれど、店の大将はテレビに向かって、いちいち何か言ってるの。『いや、それは違うな』とか、『そんなわけないだろう』とか」

「テレビに不満があるのね」

「というか、大将にとって、テレビに映るものがそのまま世の中なわけ」

「じゃあ、世の中に不満があったのね」

「いえ、そうじゃないの。大将はたぶん、本当のことを知りたかったんだと思う」

「本当のこと？」

「テレビの中の人は本当のことが言えなくて、つい、心にもないことを言ってしまうのよ」

「そうなの？」

「わたしにはよく分からないけれど、大将はそう思っていたんじゃないかな。だって、すぐに泣いちゃうの。『そうじゃないだろ』って言いながら。『本当は違うんだろ』って言いながらね、キャベツを千切りにして涙を流すの」

最初は玉ねぎを切っているのかと思った。父もよく玉ねぎを切りながら泣いていたし、わたしもしっかり血を引いて、切り始めてすぐにぼろぼろと涙がこぼれてくる。

でも、そうではなかった。大将はキャベツを切りながら泣いていた。どうしてだろう？　おかしな人だ。でも、ササミカツ定食のからっと揚がったカツも、シャキシャキのキャベツの千切りも、あつあつの白いご飯も、噛むといい音が鳴る沢庵《たくあん》も、奥深い味わいの大根の味噌汁も、何もかも、いちいち唸《うな》ってしまうくらいおいしかった。

わたしはこういう人が好きだな、と大将を見てつくづく思った。おそらく、父親くらい歳が離れているし、どう考えても恋愛の対象ではない。でも、

（一体、わたしはどんな人が好きなんだっけ）

という夜ごと繰り返してきた自問に、大将のおかげで答えが見つかった。

つまり、わたしが好きなのは間違いなく変わった人で、ちょっと大丈夫かなと不安になってくるようなところがあって、それなのに、いざとなると天才的な才能を発揮して周囲の人たちを唸らせる。

そういう人にわたしは魅《ひ》かれていた。だから、わたしはオーケストラの練習の帰りに、たびたび、〈あおい〉に寄って、ササミカツ定食を食べた。かならず一人で立ち寄った。

どういうものか、何人もの人たちと長い時間を過ごしていると、急に一人になりたくなる。

「飲みに行かない？」と誘われても、「ごめん、先約があるから」と嘘をついて仲間の輪から抜け出した。そうして一人になると、その日、自分たちが演奏した音楽がまだ体の中に残っていて、（あそこはよかった）（でも、あのテンポが落ちるところは、しっかりついていかないとだめだ）と一人で反省する時間ができた。

わたしにはそういう時間が必要だった。そうしないと、すぐに次の何かに追われ、自分が何をしてきたのか、この先どうするべきなのか、考える隙間《すきま》がなくなってしまう。隙間自体は生活の中のあらゆる時間帯に見つかるが、反芻《はんすう》すべき出来事から時間が経《た》ってしまうと、（さて、わたしは何を考えたいんだっけ）

自分が立っている場所が分からなくなる。だから、なにかしら考えたいことや反省すべきことがあったら、その出来事の余韻《よいん》が体の中に残っているうちに実行するべきなのだ。本当は日記を書いたり、誰かに手紙を書いたりするのがいいのだろうけれど、手紙を書く相手がわたしにはいなかった。

日記は十日間くらいであれば字もきれいに書けるし、あとで読み返したくなるようなものを残せる。でも、十日目を過ぎたあたりから字は乱雑になり、それまで丸々一ページは書いていたのに、わずか二行くらいしか書かなくなる。そういう十日限りの日記帳が押し入れの段ボール箱の中に二十冊は眠っている。だから、日記はもう書かない。

でも、一人になって、一人で考える時間はどうしても必要で、わたしはそれを「ストーブの前の考えごと」と呼んできた。

ストーブといっても、でん、と構えているような立派なものではなく、コーヒー豆を挽く機械と同じで、大型電器店の棚おろしセールで買ってきたものだ。おそろしく小さなストーブで、世の中の皆さんは、「ヒーター」などと呼んでいるが、わたしはストーブと呼びたい。ガスではなく電気で稼働し、小さいだけではなく薄っぺらで、一体、どのような仕組みで暖かくなるのかさっぱり分からない。

でも、スイッチを入れると、二分くらいですぐに暖かくなってくる。ただし、本当に小さいので、それ一台で部屋中が暖まるということはない。

それで、わたしはストーブの前で膝を抱えて座り、体の全体が、しっかり温まるまでじっとしている。この、じっとしている時間のあいだに、その日あったことを日記に書く代わりに考える。寒さに震える季節はそうしてストーブの前で、暑さにぐったりする季節はストーブの代わりに扇風機に代役をしていただく。あくまで代役だ。わたしはできることなら、一年中、ストーブにあたっていたい。

なんだろう。たぶん、暖かいもののそばにいたいのだろう。暖かいものがそばにあれば安心だし、小さなストーブのいいところは部屋の全体が暖まらないことだ。おかげで、頭がのぼせたりしない。わたしの勝手なイメージだけれど、頭は冷え冷えとしていた方が正常に機能し、わたしが思うわたしの頭より三割増くらいで回ってくれるように思う。

「そうだっけ」

しばらく黙っていたチェリーが、もう我慢できないとばかりに声をあげた。

「いつでも、ストーブの前で居眠りをしているじゃない」

「そうだっけ」――わたしも負けていない。

「すごく気持ちよさそうにね」

そうよ。それでいいのです。わたしは考えごとの先に安らぎをもとめているわけで、うまいこと安らぎを得られたのであれば、当然、眠たくもなってくる。

「つまり、居眠りをしているということは、考えごとがうまくいったあかしなのよ」

「そうだっけ。十分と経たないうちに眠ってるみたいだけど」

　まぁ、そういう夜もあるだろう。そう毎日、考えたいことがあるわけではないし、そもそも、「考える」ことは、わたしなんかより、はるかに頭のいい人に任せておけばいい。

「それって、どういう人？」

「そうね」わたしは部屋の中のあちらこちらに置いてある小さな本棚に視線をめぐらせた。「哲学者とか、思想家とか――そういう人たちにいろいろ考えていただいて、わたしはそのあいだ、自分のすべきことをする。それが本来の世界の姿だから」

「そうなの？」

　チェリーは信用していない。

「そうなんじゃない？　みんなで手分けしてるのよ。だって、一人じゃ背負えないでしょう。ご飯をつくって食べて、仕事もして、家の掃除もして、洗濯もして、電気代を払いに行って、ジムで体を鍛えて、お風呂に入って、洗濯ものをたたんで――あとはなんだろう――そう、少しお酒も飲みたいし、通販サイトを覗いて、きれいな色の靴下を買ったりしたい。本も読みたいし、音楽を聴きたいし、映画やドラマを観て、お湯をわかして湯たんぽにお湯を入れて、寝しなのストレッチも忘れずにやって――あとはなんだろう――とにかく、一日中、ひっきりなしにやるべきことがあるんだから」

「そうだっけ」

チェリーは、はやり歌のリフレインのように繰り返した。

「まぁ、いまのはわたしのことじゃなくて一般的な話よ。そんなにやるべきことが沢山あるのに、そのうえ、自分のこれまでのことや、これからのことをじっくり考えている時間なんてないでしょう？　だから、そこのところは誰かに考えてもらって、わたしはその人の書いた本から教わればいいの」

「でもさ」チェリーはそれまでのニヤついた顔を引っ込めた。「それで、サユリは何をするの」

「え？」

「みんなで手分けをして世界を回していくなら、サユリは一体、何を担当するわけ？」

それだ。

急に屋根裏部屋がしんとなった。太陽が雲に隠れてしまったみたいに。指揮棒がおろされて、急に音楽が鳴りやんでしまったみたいに。

わたしは――わたしはオーボエ奏者です。

それがわたしの役割だった。担当だった。オーケストラという大きな音楽を奏でる楽団の片隅にいて、わたしはオーボエを吹くことで自分の役割を果たしてきた。

でも、それはもう終わってしまった。ああ、こういうことなんだな、と身に染みて分かった。わたしはあくまでオーケストラの一員で、オーケストラがなくなってしまったら、オーボエ奏者としてのわたしも一緒になくなってしまう。わたし一人ではどうにもならない。

音楽が好きで、演奏することがわたしの仕事なのだと信じてきたけれど、わたしの好きな音楽は、わたし一人でつくり出すことはできない。

「だから、別のオーケストラに参加すればいいじゃない」

チェリーの声がいつになく穏やかだった。大人が子供を諭すときの声色だ。

「分かってる」

分かっているのだ。だいたい、わたしは他になんの取り柄もない。チェリーの言うとおり、わたしから音楽がなくなったら、ただの食いしん坊だ。きっと、食いしん坊という特性――特性と言っていいかどうか分からないけれど――を生かして、やはり、ミクとハンバーガー屋を開くべきだった。

そんなことをストーブの前で考えていたら、にわかにハンバーガーが食べたくなってきた。

よし。

ストーブを消して立ち上がり、雨は降っていないけれど、降りそうな空模様になってきたのでレインコートを羽織った。こういうとき――つまり、食べることが目的とされたとき――わたしは自分でも驚いてしまうほど体がきびきびと動く。これがゴミ出しであったら、しばらくストーブの前でだらけきって、立ち上がることさえ後まわしになる。

でも、他でもないこのわたしの空腹を満たすのだから、わたしが立ち上がらなくてどうする。いまのところ、わたし以外にわたしの空腹を満たしてくれる人はいない。

わたしは部屋を出てドアに鍵をかけ、サビの浮き出たアパートの鉄階段を降りた。

そのままアパートの前の路地へ出て考える。

二軒ある行きつけのハンバーガー・ショップのどちらへ行くか――。

〈ローリング・バーガー〉はスタイリッシュな店で、ハンバーガーは一種類のみ。エッジのきいた食感で、余計なものは付け足さない。レタスと薄切りのトマトと水にさらした玉ねぎは歯ごたえもみずみずしさも素晴らしく、パティは上質な肉を使用していることが香りからして分かる。チーズなし、マヨネーズなし、ケチャップはごく少量。これらをサンドするバンズも店で焼いたしっかりした生地のものだ。思い出しただけで唾液があふれ出してくる。

もう一軒の〈サムの店〉は学生時代から食べつづけてきたお馴染《なじ》みの味で、わたしの定番はチーズ・バーガー一択だ。といっても、パティの上にものすごく薄いチーズが一枚のっているだけで、ふつうのハンバーガーと大差はない。ただ、そのわずかなチーズが絶妙で、昔からある決してきれいではない店だけれど、ちょっとしたカウンターがあって、テイクアウトだけではなく、その場ですぐに食べられる。パティは炭火で焼いた本格的なものだし、玉ねぎもグリルしてあって、ケチャップとマスタードがほどよくかかっている。

（やっぱり〈サムの店〉かな）

わたしは足早に坂をおりた。

そういえば、〈サムの店〉へ行く近道がある。これまでなんとなく敬遠してきたけれど、今日は近道で行ってもいいかもしれない。ガケ下の町を経由して行くのだ。それも、〈あおい〉の前を通って行くルートなのだが、残念ながら、〈あおい〉はすでに暖簾をおろしてしまった。オーケストラが解散した年の春だったから、もう二年になる。

坂をおりきって暗渠の上の遊歩道を進むと、しばらくして、〈あおい橋〉の跡に出る。そこから南側の大通りに向かって歩き出せば、右手にそこだけ時間がとまってしまったような二階建ての小ぢんまりとした店が見える。看板はない。「定食屋あおい」と染め抜いた紺色の暖簾が目印で、店の前に立つと、中からテレビの音が聞こえてきたものだ。

しかし、いまはもう暖簾はしまわれたままになっている。

ある日、いつもどおり練習の帰りに立ち寄ったら、目印の暖簾がそこになかった。あかりがついていない。テレビの音もなく、町の中に、突然、暗い穴があいたようだった。

あのとき、わたしは〈サムの店〉まで歩いてチーズ・バーガーを食べた。なんだか笑ってしまう。あれから二年が経ったのに、わたしはまた、〈あおい〉の暖簾がしまわれているのを確認して、〈サムの店〉を目指している。

何をやっているんだろう。こんなことが、いつまでつづくのか。

昔――まだ川が流れていたとき、こんな曇り空の夕方に、橋の上で立ち尽くしている女のひとを見たことがある。わたしはまだ子供だったように思うが、季節が春であったこと以外はよく覚えていない。まわりに誰もいなかった。女のひとは橋の手すりに左手を置き、しばらく川の流れを眺めていたが、突然、コートのポケットから白いものを取り出して、それを引き裂き始めた。二度、三度と力をこめて引き裂き、散り散りになったそれを川に向かって投げ捨てた。それからまた黙って橋の上で立ち尽くし、しばらくすると、またポケットから白いもの――それはどうやら封筒のようだった――を取り出して引き裂いた。

桜が咲き終わる頃だった。川沿いに並ぶ桜の花が散って水面《みなも》に浮かんでいた。だから、女のひとが引き裂いて川に捨てたものは桜の花と見分けがつかなかった。

それからというもの、わたしは桜の花が川に散っているのを見るたび、それが無数の引き裂かれた手紙に見えた。誰かが誰かにあてた思いが細かく引き裂かれて川に流されていく。その川はいま、暗渠となって遊歩道の下を流れていた。

ときどき変なことを考える。

わたしが十日間でやめてしまった日記の、その先に書かれていたかもしれない思い。

あるいは、一週間しかつづかなかった「ハンバーガー屋を開く夢」のつづき。

ストーブの前で考えながら居眠りをしてしまった、そのときのわたしの頭の中。

オーケストラの解散が決まった夜にオーボエの手入れをしながら考えたこと。

〈あおい〉の暖簾が消えた夕方に、うつむきながら〈サムの店〉まで歩いたときに思ったこと。

わたしが知らなかったり思い出せなかったりする、そうした思いや考えが、桜の花びらのように細ぎれになって暗渠の川を流れていく——。

そんな空想が頭の中をよぎった。

＊

〈サムの店〉の前に中学生くらいの男の子と女の子がいて、店の表に掲げられたメニュー・ボードを見上げながら、こそこそ話し合っていた。二人の声は途切れ途切れで、何を話しているのか、もうひとつ分からない。

「ハンバーガーだけでいいよ」

「わたし――コーラも飲みたいな」

「明日またさ――」

「なに言ってるの、明日は土曜日よ」

そうか、明日は土曜日なのか。さっき、チェリーがカレンダーを見ていたけれど、わたしはこのごろ、今日が何曜日なのかも分からなくなってきた。

(土曜日は遅くまで起きていられる) と心がはしゃいだあの頃。(毎日が土曜日ならいいのに) と願ったあの頃。でも、いつのまにかそうなっている。毎日、遅くまで起きているし、特に明日の予定もないので、毎日が土曜日のようだ。

(そうだ) と、ふと思いついた。ずっと決まらなかった夢の中のハンバーガー屋の名前。

〈土曜日のハンバーガー〉というのはどうだろう。

「いいね」

まさか、ミクの声？　と思ったが、いつのまにか、チェリーがわたしの右肩に腰掛けていた。

屋根裏のチェリー

箱の中のオーケストラ

体の中のいちばん静かなところに「全休符の箱」がある。

全休符は楽譜に記される記号のひとつで、五線譜の上から二番目の線の下に取りついた横長の黒い長方形だ。箱のように見えなくもない。

というか、わたしはその符号を小さな箱とみなし、それが自分の体の中のどこかにあると思っている。「いちばん静かなところ」というのが体のどのあたりなのか分からないが、全休符というのは平たく言い直すと、

「そのあたり、いっさい音を出さなくていいです」

ということなので、音がまったくない、いちばん静かなところ、ということになる。

わたしのオーケストラに関わることは、すべてその箱の中にしまってある。自分でしまい込んだのではなく――つまり、そうした心の整理のような時間を経たわけではなく――ある日、ふと気づくと、〈鯨オーケストラ〉で経験したこと、オーケストラにおける人間関係、自分の考え、

奏でた音楽、そういったものすべてがその小さな箱におさまっていた。

実際にそんな箱を目にしたわけではないが、たぶん、そんなふうに〈鯨オーケストラ〉は自分の中に封印されている。


「どうして、〈鯨オーケストラ〉っていう名前なんだっけ」

チェリーがこのところの恒例らしく、派手な服を身にまとってあらわれた。どういうつもりか、ぴかぴかした赤いギターを肩からさげ、Eのコードをフォルテシモでギンギンに弾いている。

「なにそれ」

わたしは耳を塞《ふさ》いで不快感をあらわにした。そろそろ眠りにつこうかという頃合いで、早々に寝間着に着替えて、歯も磨いて、心穏やかに「全休符の箱」について考えていた。

「わたし、音楽をやりたいんだけど」

チェリーは（これからがわたしの時間です）とばかりに目を輝かせていた。

それはまた結構なことです。わたしにもそんな時代がありました。人生と音楽がひとつになっている生活。寝ても覚めても音楽のことばかり考えていた日々。

「どうぞ、ご自由に」

チェリーの顔を見ないで答えた。それが気に入らないのか、チェリーはわたしの視界に割り込んできて、身のこなしもギターの弾きこなしもじつに堂に入った様子で――つまり、かなり格好よく――わたしの知らない曲をかき鳴らした。チェリーが、いつギターを習得したのか知らない。しかし、なんというか、地味に巧《うま》かった。

そう思った途端、静かなところで「全休符の箱」の蓋が音もなく開いた。

「サユリさんは地味に上手ですよね」

マリさんの声が聞こえてくる。オーケストラの先輩。チェロ奏者のマリさん。わたしの憧《あこが》れの人だった。

「あ、そういうことなんだ」

チェリーがギターを弾くのをやめて知ったような口をきいた。

「それで、サユリはオーケストラに入ったわけね。音楽というより、その人に憧れて」

まぁ、そうなのだけれど、それのいったい何が悪いのか。

「だって、不純な動機でオーケストラに参加したってことでしょ」

「その人に憧れることが、不純な動機になるわけ?」

「嘘、嘘」チェリーは舌を出した。「わたしだって、イケてるバンドを動画で見つけて、そこのボーカルのコに憧れて、こうなってるわけだし」

わたしにも大いに思い当たることがあった。オーケストラの全体像だけではなく、それぞれの楽器の特性や音色の妙を知りたくて、毎晩、動画投稿サイトで検索をしては、少しずつ勉強していた。たいていのことは投稿動画に教えてもらったと言ってもいい。自分が習っていたオーボエの特性や音色については先生から教わって熟知しているつもりだったが、他の楽器について——たとえば、ティンパニとか、ヴィオラとか、コントラバスのことなんかを、わたしはほとんど知らなかった。

　動画投稿サイトには、それぞれのプレイヤーがオーケストラにおける演奏ではなく、ソロで演奏している映像がいくつも上げられていて、（あ、この楽器って、こういう音も出るんだ）と、日々、発見があった。学べば学ぶほど、それぞれの楽器の良さに魅かれ、中でもチェロの音色とチェロを弾いている演奏者のたたずまいには嫉妬《しっと》すら覚えた。

（どうして、わたしはチェロを習得する道を選ばなかったんだろう）と後悔した。

「それは、サユリがオーケストラに参加したあとのこと？」

「じゃなくて、完全に前のこと」

「もしかして、他の楽器に乗り換えようと思っていた？」

　いや、そういうつもりはなかったけれど、いくつもの動画を渡り歩くように見ていくうち、チェロという楽器に——より正しく言うと、チェロを弾いている女性に——いえ、もっと手短に言えば、ある一人の女性に、他の演奏者に対するのとは違う特別な感情を抱いていた。

「それがマリさんなの?」

そう。それがマリさんだった。そこには、いくつもの偶然が重なっていて、結局のところ、わたしという人間は偶然の力を借りないと何ひとつ前へ進めることができないのだ。

ようするに、わたしはわたしの力を信じていない。わたしに備わっているいくつかの力だけでは前へ進めない。そこに大きな偶然の力が加わったときに、はじめて前へ踏み出せる。

といって、なにしろ、わたし自身の力はろくでもないのだから、偶然を引き寄せる力にしても大したことはない。だからこそ、それがちょっとした偶然であっても、ぐいと襟をつかまれて引っぱられるような強い力に思えた。

*

マリさんが投稿した動画を見つけたとき、わたしは父を喪《うしな》ったたばかりで、この先、どうしたらいいのかと暗い海に投げ出された気分だった。暗い海は、わたしが最もおそれているものだ。

わたしは泳げない。海もプールもおそろしかった。たぶん、茅ヶ崎《ちさき》に住んでいた祖父のせいだ。母方の祖父で、もうずいぶん前に亡くなってしまったが、とても厳しい人だった。わたしは母のことはよく知らないけれど、祖父のことなら少しは話せる。

夏になると、よく父に連れられて祖父の家へ遊びに行った。無口な人だった。裏庭に小さな畑があり、綿密な計画のもとに野菜を育てて収穫していた。自分で育て上げたその野菜だけを食べ、他人との交流を断って一人きりで静かに暮らしていた。

「おじいさんが、あんなふうになってしまったのは、信頼していた人に裏切られてしまったからなんだよ」

帰りの電車の中で父から聞いた。

「若い頃、親友に騙《だま》されて貯金をすべて持っていかれたらしい。そのうえ――」

そのうえ、祖母が年下の男と駆け落ちをして、ある日、突然いなくなってしまった。こつこつ働いて得たお金で海の近くに家を買ったのに、一人きりになって、好きだったお酒もタバコもやめて吝嗇家《りんしょくか》になった。

「りんしょくか？」

夜の電車に揺られながら、父に訊いたのを思い出す。

「ケチのことだよ」

父は笑いをこらえながらそう言った。わたしも笑いそうになった。祖父はたしかにケチな人で、とにかく、どんな場面においてもお金を使おうとしなかった。すぐ近くに菓子とパンを売る店があったのだが、駄菓子のひとつすら買ってもらった覚えがない。

「あんなものは毒だ」

そう言われて海まで連れて行かれ、浜辺に祖父と父と横並びに座って、祖父の握った塩むすびを食べた。目の前に海があり、わたしたちはただ黙って食べて、黙って海を眺めていた。

そのときの、(これから、どうなるんだろう)という思いが、わたしの根っこにある。

それで、海を見れば、(これから、どうなるんだろう)と不安になり、海のことなど忘れていたのに、(これから、どうなるんだろう)と思うと、波の音がどこからか聞こえてくる。

だから、わたしはそのときも、(どうなるんだろう)と暗い海を漂っていて、マリさんの動画に漂着したときは、何かとても強靭《きょうじん》なロープをつかんだような安心感を得た。

(これだ)と思った。こういう人にわたしはなりたい。

チェロは弾けないけれど、音楽というものをこんなふうに表現できる人になりたい。

「ふうん」

チェリーがめずらしく神妙な顔で頷《うなず》いていた。わたしの考えに、いちいちケチをつけるのが彼女の役目なのだと思っていたが、どうもそれだけではないらしい。

「でもさ」——あれ？　やっぱり何か言い出した——「でも、そのマリさんの動画って、誰でも見ることができたんでしょう？　たまたま目にとまっただけなのに、そんなに偶然の力を感じるもの？」

「たまたま目にとまったことを偶然と言うのよ」

わたしは反論した。

「それに、それだけじゃないの。それはまだ偶然の入口でね」

いまは、その動画を投稿していたのがマリさんであったと、わたしは知っている。でも、見つけた当初はどこの誰なのか分からず、彼女の名前が三上真理《みかみまり》であることさえ知らなかった。彼女はまず何より凜《りん》としていた。姿勢がよかった。手足が長くて顔が小さい。長い髪を一束結びにし、白いシャツの第一ボタンまで留めて、紺色のスカートを穿《は》いていた。

一見、そんな優等生風なのだけれど、演奏が始まると彼女の中に秘められた野性が匂い立った。もちろん、映像なのだから匂いなど分からないが、決して比喩《ひゆ》で言っているのではなく、音楽の芯にあるもの――花芯とでも言えばいいのだろうか――が、ときに爽快に、ときに濃密に香りをふりまいた。

花の香りに誘われる虫の気持ちはこういうものかと思い知り、わたしは夢中になって、彼女が投稿した十本あまりの動画を繰り返し観た。いずれも、彼女が自分の部屋と思《おぼ》しきところでチェロの独奏曲を部分的に演奏しているもので、一本の長さは長くても十五分ほどだった。わたしはそれを一日の終わりの睡眠導入剤の代わりに観ていた。彼女の演奏を聴くと体の中がすっかり浄化され、眠りをさまたげるものが洗い流されるような気がした。

ある夜、ひさしぶりに彼女が新しい動画を投稿し、さっそく観てみると、そこで演奏されていたのは、わたしが子供の頃から心惹かれていたバッハの「無伴奏チェロ組曲第一番」だった。わたしはいつもよりさらに耳に意識を集め、ほとんど陶然となって聴いていた。

ところが、そのうち、あることに気がついた。音楽の背後で音楽ではない別の音がする。バスの音だった。バスのエンジンの音だ。しかも、一台ではなく何台ものバスが同時にエンジンをふかしている。これから出発しようとしているらしい。

その音に覚えがあった。わたしの耳はいつのまにか彼女のチェロの音を排除し、その背景に響くエンジン音に向けられていた。目を閉じると、音によって導き出された風景が頭の中に立ち上がってくる。

そのうち、エンジンの音にチャイムの音が加わり、それで風景はより鮮やかさを増した。

間違いない。わたしはその風景を知っていた。久保島《くぼじま》町のはずれにあるバスの車庫だ。

そこは町の周辺を走る何本ものバスの発着場になっていて、すぐ近くに、わたしが通っていた中学校があった。チャイムの音はその中学校から聞こえてくるものに違いなく、どうして断言できるかというと、そのチャイムのメロディーはわたしが作曲したからだった。

作曲といっても、わずか四小節なのだが、当時――わたしが中学二年生のとき――音楽の先生の発案で、下校時に流すチャイムを生徒たちがつくるという課題があった。それで、わたしのつくった四小節が選ばれた。

「あなた、音楽の道を行きなさい」

先生に褒められ、

「大したものだよ」

父にもおだてられて、その気になった。なぜ、食いしん坊のわたしが音楽の道に紛れ込んだのかというと、このチャイムのせいだった。チャイムは十五年を経たいまも使われているようで、とはいえ、下校時にしか流れないので、卒業してからはほとんど耳にしていない。

それが、彼女の動画から聞こえてきたのだから、この信じがたい偶然の力には、もう抵抗できない。動画を見たのが夕方の六時くらいだっただろうか、わたしは居ても立ってもいられなくなり、部屋を飛び出して久保島町のバスの車庫まで足早に歩いた。それは、わたしが中学校へ通っていたときの通学路であり、寄り道をせずに早歩きで行けば、およそ十五分で辿《たど》り着《つ》いた。

いま思うと、あのときは衝動に駆られてそうしてしまったが、わき目もふらずに歩いていく自分がなんだか哀れだった。わたしはきっと、チャイムを作曲した頃の、いつも空が晴れていたような時間に戻りたかったのだ。

それとも、暗い海でつかんだロープの先にあったチェロの音――その音を奏でる人を、ひと目、見たいと求めていたのか。

そのふたつの思いがひとつに重なり、強い力でわたしを突き動かしていた。

およそ十五分で辿り着いたバスの車庫は昔のまま変わっていなかったが、変わっていないことが特に嬉しいわけでもなく、バスは変わらずエンジンの唸りをあげて次々と発車していった。その向こうに明かりを落とした中学校の建物がシルエットになって見え、それもまた何ら変わらない風景のひとつに過ぎなかった。

気づくと、人の気配のない暗くて寄る辺ないところに立っていて、急に取り残された自分があらわになって、それまでため込んでいた涙が、(もう、いいよ)とばかりに溢《あふ》れ出《だ》した。

次から次へとバスが発車したり到着したりする。そのすぐかたわらで涙を流し、しばらくそうしていたが、ふと我にかえって、車庫の裏手の住宅街の方へふらふら歩き出した。そちらが帰り道であったからだが、涙を流してしまったことで頭の中が空っぽになり、なぜ、自分はこんなところまで来てしまったのか、すぐには思い出せなくなっていた。

だから、住宅街に入りかけたところで、あの音が聞こえてきたことに最初は反応できず、音はすぐそこで鳴っているのではなく、自分の耳の奥に消えのこったものがリフレインされているのだと思い込んだ。が、それは間違いなくあの人の奏でるチェロの音で、快い音というより、足もとから震動のように伝わってくる低く唸るような音だった。

耳のよさは少し自慢できるかもしれない。わたしは、その音がほのかな色を持った気体のようなものとして認識できた。どこから流れ出ているのか、音の源に向かって辿ることができた。

気が確かであれば、そんな怪しげな行動には出なかっただろう。でも、わたしはそのとき明らかにどうかしていたし、憧れを持って遠い高みに望んでいたものが、すぐそこの自分のテリトリーと言っていいところに見つかった偶然を、かしこまってやり過ごすことができなかった。

わたしは見つけ出した。そのチェロの音が、そのあたりではひときわ大きな「屋敷」と呼んでいいような家から聞こえてきたことを。

よく見ると、ずいぶんと年季を感じさせる家屋で、門柱には「三上」と毛筆体で書かれた古めかしい表札が出ていた。門の前に立っていると、風の流れのせいなのか、バスが発着する音がひっきりなしに聞こえてくる。ちなみに、マリさんの動画の投稿者名はMARIAとなっていて、「三上」を暗示するものは含まれていない。だから、あの動画を投稿しているのが、この家の住人であると特定はできなかった。

「それで?」

チェリーはギターを抱えたままベッドの上に座り込んだ。

「それでどうしたの？　まさか――」

「その、まさかなの」

「まさか、そこで見張ったとか?」

「だから、どうかしてたのよ。どうしても確かめたかったの。あの毎日聴いていたチェロの音とその演奏者が、こんなにすぐ近くにいたんだってことを」

チェリーが言い当てたとおり、次の日の午後、わたしは少々迷ったけれど、ふたたび、「三上」の表札の前に立っていた。それから、少し離れたところに移動し、なんとなく門の前を見て過ごした。ああ、神様、申し訳ありません。あんなことはわたしの人生で一度きり。もう二度といたしません。誰かを見張ったり、後をつけたりなんて――。

「え？　後もつけたんだ」

チェリーは驚きながらでたらめにギターを弾いてみせた。

「だって、本当に門から出てきたのよ。動画で見ていた彼女がね。あの白いシャツにあのスカートで。焦茶色のチェロ・ケースを背負って。髪をうしろで結わいて。背筋がぴんと伸びていて。まるで、バレエ・ダンサーみたいな身のこなしで」

「ねぇ」――チェリーがでたらめに弾いていた手をとめた。「もしかして、サユリは女の人が好きなの？　恋とか愛とかの対象として」

「分からない」

本当に分からなかった。ただ、自分より歳が上で、自分にはまったく似ていなくて、どこか、きりっとしている男性的なところがある女性を前にすると、頭の中がとろんとなった。骨抜きになるとでも言えばいいのか。ちょっと眠気に誘われるような、体の力がすべて抜けてしまったような感じになる。

「じゃあ、男性にそうなることはあるの？」

「それもあると思うけど。どちらかと言うと、歳上の女性により感じるかもしれない。それはたぶん――」

わたしはこれまで誰にも話していなかったことをチェリーに話した。

「父から一度だけ聞いたことがあるんだけど、わたしには、生まれてすぐに亡くなった姉がいたそうなの」

「幻のお姉さんってこと？」

「そう。わたしね、もし、その幻の姉が生きていたらどんなによかっただろうって、考えただけで泣けてくるの」

チェリーは口を結んでいた。

「いろんなことを相談できただろうし、きっと、母親の代わりにたくさん甘えていたと思う。でも、幻なの。そんなことをいくら考えたって、いないものはいないの」

それで、わたしは無意識に姉の幻影を求めていたのだと思う。マリさんはその理想的な対象で、この人の行くところにずっとついていきたいと、まさにその背中を追っていた。

画面の中の印象より、ひとまわりは背が高く、重いはずのケースを軽々と背負っている。

わたしは一体、何をやっているんだろう。いくら、この人に憧れているからといって、こんなふうに後をつけたりして、いいわけがない。きっと罰が当たる。急に振り返って、こちらを睨み、「ついてこないで」と言われたらどうしよう。そうなったら、わたしにはもう行くところがない。この背中を追っていく以外、どこへ行けばいいのか。

けれども、マリさんは一度も振り返らなかった。もしかすると、何やら怪しげな女が後をついてきていると気づいていたかもしれない。勘のいい人だったし、とりわけ、他人の視線や気配に誰よりも敏感だった。でも、一度も振り返ることなく歩きつづけ、十分ほど歩いたところで、目的の場所と思われる建物に到着した。

そこは町を横断している送電線の鉄塔の真下で、そのあたりにいくつかある区民会館の別棟のひとつだった。マリさんには敵《かな》わないけれど、わたしも勘はいい方で、マリさんが、「おはようございます」と声をあげながらその建物の中に入って行ったとき、そこが彼女の所属する楽団の練習所であると、すぐに察しがついた。さまざまな楽器の音が洩《も》れ聞こえ、おそらくは楽器を手にした奏者たちのものと思われる控え目な話し声が耳に届いた。

わたしは建物に近づき、入口に掲げられた看板の文字を確かめた。

〈鯨オーケストラ〉練習所

そう刻まれていた。

*

すべては偶然の力による導きであったと思う。

幻の姉。動画の中の憧れの人。わたしがつくったチャイムの音。目と鼻の先に存在していたオーケストラ。そして、そのオーケストラにはオーボエ奏者の欠員があったこと。

「たまたま、席が空いていたのね」

チェリーはもう驚いていないようだった。

「何かの一員になるときって、きっと、そんなもんだよね」

そうなのかもしれない。オーボエを習っていたのだから、もちろん、オーケストラには興味があった。でも、いつどんなふうに自分がオーケストラの一員になるのか見当もつかなかった。どんな手続きをすればいいのか分からなかったし、そもそも、どういうきっかけでオーケストラの一員になりたいと思うようになるのか、それすら予測できなかった。

おそらく、難しい試験を受ける必要があり、わたしはなにしろ音大にも入学できなかったのだから、そんな狭き門を通れるわけがない。

でも、偶然の力はおそろしい。

マリさんの後を追ってオーケストラの練習所を見つけたその二日後、オーボエを持参して、おそるおそる練習所の戸を少し開いて中を覗いていたら、突然、中からあらわれた鯨みたいに体の大きな男の人が、わたしの抱えていたケースを一瞥《いちべつ》するなり、

「もしかして、オーボエ？」

と眉をひらいた。

「ええ」と答えた瞬間、

「よかった。天の助けだ」

その大きな人はわたしを中に招き入れ、面接も試験もなければ、名前すら訊かれることもなく、そのままオーケストラに参加することになった。

「寝ても覚めても音楽のことばかり考えていた日々」の始まりだった。

屋根裏のチェリー

箱の中の箱の中

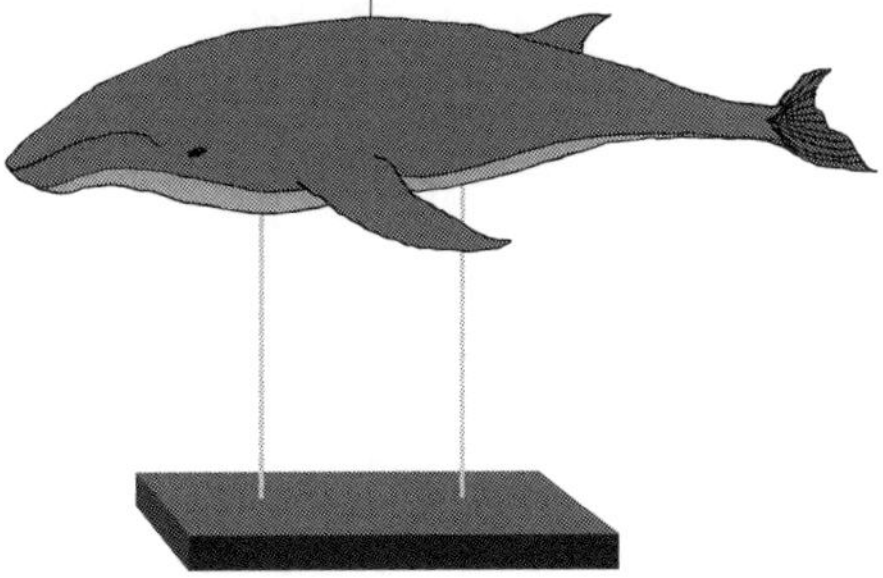

〈鯨オーケストラ〉の指揮者にしてリーダーは塚本《つかもと》さんといったが、楽団員のほとんどが「団長」と呼んでいた。オーケストラは楽団なのだから、そのリーダーが団長と呼ばれることは間違っていない。でも、わたしは皆が「団長」と呼ぶたび、サーカスの団長が連想されて——笑わなかったけれど——つい、笑ってしまいそうになった。

入団したばかりの頃、塚本さんのその大きな体が、楽団に〈鯨〉と名付けられた由来であると誰かから聞いた。それで、団長を「鯨さん」と呼ぶ人もいたが、当のご本人は、

「昔の話です」

と鯨みたいな体を揺らして否定していた。最初は、「昔の話」の意味が分からなかったけれど、どうやら、団長は若いとき、天才と謳《うた》われた新鋭のチェロ奏者であったらしい。そのときのニックネームが〈鯨〉で、いまほどではないとしても、やはり立派な体つきであったのが、その由来だったという。

「それが、〈鯨オーケストラ〉という名前の由来でもあるわけね」

チェリーはどうやら楽団の名前に興味があるらしい。

「わたし、バンドをやりたいの。バンドは名前が大事でしょ。だから、どうしてそんな名前になったのか知りたいの」

そういうことらしい。でも、団長のニックネームがそのままオーケストラの名前になったというのは、じつのところ、正しいようで正しくない。

ある日、団長がこう言った。

「名前を付けたのは長谷川《はせがわ》で、正しい由来は彼しか知りません」

長谷川さんはオーケストラ創成期のメンバーであるらしく、やはり、チェロ奏者であったらしい。「らしい」「らしい」と憶測ばかりになってしまうのは、わたしが参加したときにはすでに退団していたからで、とにかく無口な人で、楽団員の誰かが〈鯨〉の由来を訊《たず》ねても、ただ微笑するだけで答えなかったという。

「長谷川さんは最年長だったよね」

「体を壊したから辞めたんだっけ?」

「でも、このあいだ町で見かけたけど、元気そうだった」

そうした噂話《うわさばなし》の中にしか存在しない人だったが、長谷川さんが退団したことで、マリさんがチェロの後任として入団することになったと聞いた。ということは、もし、長谷川さんが退団していなかったら、マリさんはオーケストラに参加することはなく、そうなると、わたしもまた参加することはなかっただろう。

「そういうわけで、オーケストラには、するっと入ってしまったの。本当は正式な試験を受ける必要があったのに」

「それで、居心地がよくなかったんだ」

チェリーは納得したように頷いた。

「ううん、そうじゃないの」

居心地はすこぶるよかった。楽団員は気のいい人たちばかりで、少々、変わった人もいたけれど、それぞれの個性が音楽によってひとつになると、その唯一無二な結束は他の何からも得られないものだった。ここが自分の居場所であると思えたし、なにより、憧れのマリさんがそこにいるのだから。

「長谷川さんのおかげでね」

なぜなのか、チェリーは長谷川さんが気になるらしい。

「でも、会ったことはないんでしょう?」

「そうね」と、わたしは窓の方を見た。

「じゃあ、サユリはオーケストラの名前が、どうして〈鯨オーケストラ〉になったのか、本当の由来を知らないわけね」

しばしの沈黙。

「いや、そうは言ってないけど」

「だって、長谷川さんしか知らないんでしょう?」

チェリーはまるで本当のことを知っているような口ぶりだった。

「ねぇ」と、わたしは声を落とす。「言ったよね? オーケストラのことは、全部、箱の中にしまってあるって。それはつまり、もう取り出すことはないってことなのよ」

「でも、こうして取り出してるじゃない」

沈黙。チェリーは分かってない。たしかに、つまみ食いをするように何度か箱の中を覗くことはあった。でも、じつを言うと、箱の中に、さらにもうひとつ小さな箱があり、わたしは、その箱の存在を記憶から消そうとしていた。

理由がある。

「このことは、私とあなただけの秘密ですよ」

長谷川さんが、そう言ったからだ。

＊

あれは楽団に参加して、まだ半年も経っていない頃だった。

「お話があります」

練習が終わったあとに団長に呼び出され、誰もいない事務室で、氷がすっかり溶けた麦茶を飲みながら話を聞いた。

「じつは、楽団の経理をお願いしたいんです」

団長は大きな体を丸め、指揮棒を持っているときと違って、声もずいぶんと控え目だった。

「以前は長谷川が経理を担当していました」

突然、その名前が出てきたので、それがあの「長谷川さん」を指しているのだと理解するまで一拍の間があった。その時点では噂話でしか聞いたことがなかったし、長谷川さんがオーケストラの名付け親であるという話にも、さほど関心を持っていなかった。

「彼が辞めたあとは、私が管理していたのですが」

団長は大きく首を横に振った。

「手に負えなくなってきました。楽団はかなり前から経営的な面においてはうまくいっていません。それを長谷川がカバーしてくれていたんです」

団長の大きな黒目がひとまわり大きくなったように見えた。それが指揮台の上であったなら、（さぁ、ここが大事なところです。心をこめて集中してください）

という合図になる。もちろん、団長としては真剣に話しているのだろうけれど、それが癖なのか、大げさに手振り身振りをまじえた話し方が、真剣になればなるほど、なんだかおかしかった。

そもそも、団長は年齢不詳で、黙っていれば、明らかに人生の後半を生きている人だと分かる。でも、話し出すと、表情が目まぐるしく動いて、眉を上げたり、口をへの字にしたり、ときどき子供みたいな顔になる。

「よろしいですか」

指揮棒を宙にとめるときの要領で人差し指を立てた。

「長谷川に連絡をして、経理に関わることを、その極意も含めて引き継いでほしいんです」

「ええ」

わたしはあまり気が進まなかったけれど、父が亡くなったあと、アパートの管理をし始めていたので、多少の心得はあった。それに、そのとき、わたしはまだ演奏者としてあまりに未熟で、オーケストラに対して充分な貢献を果たせていないという引け目があった。

「お役に立てるのなら」

そう応え、長谷川さんの連絡先——電話番号だった——を団長から受け取った。

そこまでチェリーに話したところで、急にレモン・ソーダを飲みたくなり、でも、こういうときに限って、万全だったはずのストックを切らしていた。ガケ下のスーパーで箱ごと買って届けてもらっていたのに、スーパーに通うのをさぼるうち、最後の一本を最後の一本とは知らずにあっけなく飲み干してしまった。そのうえ、こういうときに限って時刻は二十三時五十五分になっていて、つまり、あと五分で今日が昨日になってしまう。

でも大丈夫。今日が昨日になったら、明日が今日になってくれる。それに、ガケ下のスーパーは二十五時まで営業しているはず。以前にも似たようなことが三回か四回か五回か六回はあった。いずれも意表をついた二十三時台の渇望に促され、レモン・ソーダ中毒と化したわたしは、寝間着に着替えて歯まで磨いたのに、さっさと着替えなおして、足早に坂をおりた。

今宵《こよい》もまたその繰り返しである。

「チェリーはついてこないで」

そう言っておいたのに、坂をおりきったところで、

「話のつづきは?」

と肩の上にあらわれた。

「あのね、チェリー」とため息が出る。「わたしだって、一人になりたいときがあるのよ。レモン・ソーダを買いに出るのは口実なの。そのくらい分かるでしょう?」

「分からない」

チェリーはいつもこうだ。

「分かるけど、分からない。早く話のつづきが聞きたいし」

「どの話のつづきよ?」

わたしは十メートルほど先に見えるスーパーのあかりを捉《とら》えて立ちどまった。

「長谷川さんの話に決まってるじゃない」

チェリーは口を尖らせた。

「電話をかけたんでしょう?」

「そう。教わったのは携帯ではなく03で始まる番号で、電話に出た人は、『はい、長谷川です』って、すごく穏やかな声でそう言ったの」

「はじめまして、わたくし、〈鯨オーケストラ〉の新入りで、オーボエを担当することになりました岡小百合《おかさゆり》と申します。じつは、団長から経理を担当するようにと言われまして――」

あらかじめ準備しておいたセリフを、たどたどしく伝えた。

「はい」と電話の向こうの声は穏やかなままで、何ら警戒心のようなものは感じられない。

「ついては、直接、お目にかかって、お話をうかがいたいのですが」

「そうですか。では、こちらへご足労願えますか」

こちら、というのは長谷川さんの自宅であるらしく、教えていただいたのは耳慣れない番地だった。が、地図で確認してみると、子供の頃に通っていた図書館の西側にひろがる住宅地の一画で、歩いていけば三十分ほどの距離だった。

「では、これからうかがってもよろしいでしょうか」

「ええ、構いません」

地図を見ながらその住所を目指した。

目算どおりの三十分で辿り着いたのは小ぢんまりとした目立たない家で、周囲に建ち並ぶ邸宅に比べると余計なものが何ひとつなかった。消え入りそうな文字で、「長谷川」と書かれた表札の脇に昔ながらの呼び鈴があり、インターホンではなく、あくまでも呼び鈴で、もしくは、ブザーと呼んでもいいようなものだった。祖父の家の呼び鈴がこのタイプで、ほのかな懐かしさを覚えながらブザーを押してみた。

「こんなところまで来ていただいて申し訳ありません」

長谷川さんは、わたしの想像よりはるかに若々しく、黒縁の品のいい眼鏡をかけた初老の哲学者のおもむきだった。白いシャツを着こなし、散髪に行ったばかりといった風情で、ひげも余さずきれいに剃《そ》ってある。瞳がガラスでつくられているような透明感を湛《たた》え、窓からのわずかな光を捉えて反射していた。

でも、噂どおり、あまり喋らない。瞳はそんなにも饒舌《じょうぜつ》なのに、声は出し惜しみをしているかのように、そう易々とは発しなかった。

どうやら、長谷川さんはその家に一人で暮らしているようで、横長の窓から図書館を擁した木立ちが見え、机がひとつと座り心地の良さそうな椅子がいくつか置かれていた。そのひとつにわたしは座り、机を挟んだ差し向かいに長谷川さんが座っていた。

「お口に合わないかもしれませんが」

ご自分でいれたという深煎《ふかい》りのコーヒーを出してくださり、ひと口飲んで、「おいしい」とわたしが声をあげると、すっと席を立たれて、ビスケットが二、三枚のった小皿を持ってきてくれた。そうするあいだも、ほとんど口を開かず、窓の外の風景がゆっくり夕闇《ゆうやみ》に沈んでゆくのを、目を細めながら眺めていた。

「あの、経理のことで、いくつか教えていただきたいことがありまして」

「はい」

ビスケットを少しずつかじるようにお話を聞き、「なるほど」と思わず膝を打ってしまうような極意についてもうかがった。陽が完全に暮れてしまう頃には、およそのところは習得し、

「コーヒーを、もう一杯いかがですか」

「あ、ぜひ、お願いします」

無口だった長谷川さんが、瞳だけではなく、声の方も少しずつ饒舌になりつつあった。

「あの」

「はい」

「もうひとつ、お訊きしたいことがありまして」

「なんでしょう」

「名前の由来なんです」

「名前の？」

「〈鯨オーケストラ〉のです」

「ああ――」

長谷川さんは視線を据えて黙っていたが、ふいに席を立ち、しばらくして、何かを両手で捧げ持つようにして戻ってきた。室内のあかりが部屋の隅に置かれた小さなスタンドだけだったのと、陽が沈みきって、急速に手もとが暗くなってきたせいもあったが、その横長の物体は、ただ黒い

シルエットとして長谷川さんの胸もとにあった。目測では三十センチ定規一本ほどの長さで、定規のように薄っぺらなものではなく、それなりの肉づきを持った重量のあるものだ。

慎重に捧げ持ってきたものを長谷川さんは机の上に置き、すると、それには台座があることが分かり、台座からまっすぐに二本の細い柱がのびていた。目が薄闇に慣れてくるにしたがい、柱が支えているのは横倒しになった紡錘形に近いものと確認できる。

（もしかして）と頭をよぎったものが、

「鯨です」

長谷川さんの声によって確定した。

「鯨の模型です」

それが、どんな名前の鯨であるのか、わたしは訊きそびれた。ただ、精巧につくられた模型を一個の芸術作品として見入り、わずかな光ではあったけれど、光の加減によって、いまにも泳ぎ出しそうに見えるのを、ほとんど驚きに近い思いで見守っていた。

「岡さんは――」

そう言って、長谷川さんはコーヒーで唇を湿らせてから話し始めた。

岡さんは、楽団の練習所の近くにあった川のこと――いまは暗渠になっている川のことをご存《ぞん》知《じ》ですか。

そうですか、あのあたりにお住まいなんですね。

昔の話ですが、あの川へ鯨がやって来たことがありました。一度目は二百年前。二度目はおよそ二十年前です。失礼ですが、いま、おいくつでしょうか。

そうですか、では、二度目の鯨のときは、まだ五歳でしたね。そのときのことを覚えていますか。そうですか、覚えていないのではなく、鯨が来たことを知らないのですね。そういう方はたくさんいらっしゃいます。それに、私がお話ししたいのは、二十年前の鯨ではなく、二百年前にあらわれた鯨のことなのです。

これは代々、私の家に伝えられてきたことですが、私の曾祖父《そうそふ》のさらに二代前にあたる定和《さだかず》という者が、川の中で息絶えたその鯨の埋葬を指揮したといわれています——。


「どういうこと?」とチェリーの声が一オクターブ下がっていた。

「どういうことって、そういうことなの。この地面の下を流れている川——いまは暗渠だけど、その川へ二百年前に大きな鯨が迷い込んできて命を落とした。川の近くに暮らしていた人たちは、海から神様がやって来たと思ったみたい。だから、丁重に葬ったの。その埋葬を取り仕切ったのが長谷川さんのご先祖様だった。ね? これって、箱の中にしまっておいた方がいいような話でしょう？」

わたしは自分が立っているアスファルトの道の下に二百年前の川の流れを感じて、しばらく耳を澄ましていた。といっても、聞こえてくるのはスーパーの前の幹線道路を行き交う車の音だけなのだが。

「団長は――」

長谷川さんは、突然そう言い出し、それから、しばらく話が鯨から逸《そ》れていった。

団長は――彼は天才でした。いや、いまなお天才です。もう、人前でチェロを弾くことはないかもしれませんが、彼が若くして頭角をあらわしたとき、私もまたチェロを弾いていました。とても彼にはかなわなかった。〈鯨〉という彼のニックネームは、彼の体格だけではなく、その深遠な演奏にこそふさわしいものでした。私は彼に嫉妬しました。

そこで、長谷川さんは少し笑ったように見えた。「苦笑」と言えばいいのだろうか。でも、そこまで一度も笑わなかったので、それが普通の笑いなのか「苦笑」なのか、はっきり区別できない。

彼は優しい男です。町の片隅に小さなオーケストラをつくろうと言い出したとき、まず最初に私に声をかけてくれました。そればかりか、「楽団の名前を決めてほしい」と。

名前はそれしかありません。すぐに決まりました。彼の楽団なのですから。

〈鯨オーケストラ〉

でも、じつを言うと、この〈鯨〉の一文字に、私は自分のルーツを示す徴《しるし》のようなものを刻んだつもりです。いや、〈鯨〉は自分のルーツに関わっているだけではなく、多くの楽団員が暮らしているガケ下の町のルーツにも関わっている——自分で自分にそんな言い訳をし、表向きは彼の楽団としてふさわしい名前でありながら、その裏では、私のささやかな自尊心を充《み》たすものでもあったのです。

「この話は、誰にも話したことがありません」

長谷川さんは机の上の鯨の模型を人差し指の先で撫《な》でていた。

「どうして、わたしに話してくれたんですか」

「分かりません。ただ、あなたのような人に、あの楽団の未来を託したい。ふと、そう思ったんです。でも——」

長谷川さんは透明な瞳をわたしに向け、

「このことは、私とあなただけの秘密ですよ」

穏やかな声でそう言った。声は穏やかであったけれど、もうひとつ印象に残った言葉があり、

「では、三上によろしく」

帰り際のわたしの背中にそう言ったのだ。

「はい？」とわたしが振り向くと、

「いや、塚本に——団長によろしく伝えてください」

そう言い直した。


それから少しして——。

練習の帰りにフルートのユカリさんと喫茶店に寄ってコーヒーを飲んだときのこと。わたしは長谷川さんのいれてくれた苦いコーヒーを思い出して、

「経理の引き継ぎで長谷川さんのお宅にうかがったんです」

とユカリさんに話した。

「え、じゃあ、訊いてみた？〈鯨〉の由来」

「いえ」と、わたしは首を振り、「それは訊き忘れたんですが、長谷川さんが団長のことを三上

と呼んだんです。すぐに言い直していましたが」

「ああ、そうか」

　ユカリさんが飲みかけたコーヒーをテーブルに戻した。

「サユリさんは知らないんだね。団長は、もともと三上っていう名前だったのよ。いまは離婚して塚本に戻ったけど」

「離婚？　ですか」

「そう。結婚してたの。婿養子。それで産まれたのが三上真理なのよ？」

「え、マリさんですか」

「そうよ。だって、彼女は父親に憧れてチェロを始めたんだから。楽団に参加したのも、父親に教わりたいからで——そうか、この話、まだしてなかったんだね」

　もし、この話を聞かなかったら、チェロをめぐって交わされた父と娘の思いを、ぼんやりとしたわたしはまるで気づかなかったかもしれない。

　でも、この話にはさらにつづきがあり、ぼんやりしていたわたしにも、きわめて分かりやすいかたちで、「父と娘」の第二楽章が展開された。皮切りはマリさんの引き抜きで、実際にそうなる前から楽団の中でもしきりに囁《ささや》かれていた。

「それはそうだよね」

「父親がデビューしたときより人気の高まりがすごいもの」

「国内だけじゃないみたい」

「ドイツやフランスのオーケストラからもオファーがあったらしいよ」

そして、彼女が――正確には彼女の母親が――選んだのはフランスのオーケストラだった。いざ、そうなってみると、わたしがマリさんの投稿動画に夢中になったのは当たり前で、偶然、自分が暮らしてきた町と隣り合わせたところに彼女も暮らしていたけれど、その実力は、そんな狭いところに留《とど》まらない世界レベルに達したものだった。

彼女の父親がチェリストとしてどれ程の実力を持っているのか、わたしは知らない。ただ、多くの人たちから「天才」ともてはやされ、長谷川さんのような人からも嫉妬されたのだから、きっと、団長は持て余すほどの自負を抱えていたのだろう。娘からも尊敬され、彼女に至っては自分の実力にそぐわないことを知りながら、父親の小さな楽団に身を置いていた。

でも、いよいよ世間が――世界が彼女を放っておかなくなり、わたしが、「え、そうなんだ?」と大きな声を出してしまったように、マリさんの世界進出の報に、

「え、そうなの?」

と団長もおそらく目を見張ったに違いない。そのとき、「そうなの?」と言いながら、父親としての喜びが先にきたのか、それとも、天才チェリストのプライドが崩れていく方が先だったたか。

「どっちかね」と茶飲話のネタになっていたときはまだよかった。みんな呑気《のんき》に構えていた。ところが、団長が練習にあらわれなくなり、そこへ練習所に使っていた区民会館が取り壊しになるという話が伝わってきた。リーダーが姿を消し、そのうえ拠点がなくなってしまうのは、父親と家屋をいっぺんに失ってしまうようなものだ。

ひとまず、区民会館の工事が始まるまでの数ヶ月は、第一バイオリンの我孫子《あびこ》さんが指揮者の代わりを担った。でも、

「その先はどうなるか分からない」

練習のあとのミーティングで、ついに「解散」という言葉が出るようになった。

「解散」が現実に近づきつつあったとき、肩を落として、定食屋〈あおい〉の暖簾をくぐった。いつもどおりテーブルクロスは白く輝き、お決まりのササミカツ定食を食べながら、大将と一緒に店のテレビを観ていた。大将が好きな夕方のニュース番組で、例によって、わたしはぼんやりと眺めていたのだけれど、突然、「三上真理」という名前が画面にあらわれた。

「フランスでご活躍の」「このたび、待望のソロ・デビューを果たし」

アナウンスにつづいて、インタビューに答えるマリさんの姿が映し出された。

「今後の活動予定は?」「ソロ活動に向けての抱負は?」

そうした質問のあと、楽器について訊ねられた。

「愛用されているチェロにニックネームをつけていらっしゃるとのことですが——なんとお呼びになっているんですか」

その質問にマリさんは、

「〈鯨〉です」

表情ひとつ変えることなく、短くそう答えた。

屋根裏のチェリー

出発

いつでも分からなくなるのは時間のことだ。人の思いと時間の長さとでは、どちらが優先されるべきなのだろう。

わたしとしては、「思い」に一票投じたいのだけれど、なかなか現実はそうならない。自分に関わることを自分なりの考えで読み解いてみたところで、そこに、現実の重みがのしかかってくると、途端に押しつぶされる。

たとえば、わたしは母と過ごした時間が短い。「思い」としては、それなりの感情を抱いているけれど、それは、どこか美化されていて、子供の頃に読んだ童話によく似ている。記憶の中にある童話は心なごむものであるのに、実際に読み返してみると、教訓めいたものが鼻について、印象が大きく変わってしまう。

もし、母と人生を共にしていたら、きっと、ぶつかり合って、とうてい美化などできない記憶をいくつも抱えていただろう。

「どっちがいいんだろうね」

チェリーが神妙な顔で腕を組んだ。

「美しいけれど短い記憶と、思い出したくないこともたっぷりある長い記憶」

「あのね」――わたしは頭の中を整理するためにチェリーに応えた。「わたしにとって、オーケストラが、まさにそれなの」

「それって？」

チェリーは組んでいた腕をほどいて前のめりの姿勢になる。

「オーケストラに在籍していた時間が短かったってこと？」

「そうなの。思い入れはけっこうな重みを持っていたけど、現実の時間は、わずか三年あまり。それがすべて。だから、他のメンバーに比べたら、わたしの知ってるオーケストラは、まったく現実的じゃない。記憶の中の童話と同じでね、煩《わずら》わしいところや、快くない記憶が見当たらない。といって、あの頃は幸せだったとかそういうのでもなくて」

「じゃあ、何なの？」

「そうねぇ。ひとことで言うと、淡々としていたと思う。黙々っていうか。ひとつのことに集中していたから、時間が短いとか長いとかも関係なかった」

「それってつまり、夢中になってたってこと？」

「そうねぇ」――わたしは言葉を探してみる――「夢中とは、ちょっと違う気がする。熱くなりすぎることもなくて、すべてがちょうど良かった」

「本当に？」とチェリーは信じない。「本格的にのめり込む前にオーケストラが解散してしまっただけじゃないの」

（ああ、そうか）と心の中では素直に頷いていた。たしかにそのとおり。わたしの中でくすぶっているこの名付けようのない思いは、世の中で「不完全燃焼」と呼ばれているものに近いかもしれない。思えば、わたしのこれまでのところは、不完全燃焼ばかりで、完成したものや完結したものがひとつもない。いつでも、「いよいよ、これから」といった場面で暗転してしまう。

「でも、淡々としていたんでしょう？」

「そうねぇ」――わたしはもう言葉を探し出せなかった。記憶ばかりが次々と立ち上がり、言葉が追いつかなくなる。

「サユリさんは、いつも淡々と演奏している。そこがいいところ。落ち着いているっていうか。一緒に演奏していて安心するの」

ある日、マリさんがそう言ってくれた。おそらく、「淡々としている」という言い方は、そのときに定着したのだろう。それが、わたしの本質なのではなく、マリさんがそう言ってくれたから、そう振る舞うことにしたのだ。そして、そうした振る舞いが如実にあらわれたのが、オーケストラが取材を受けたときだった。町のローカル新聞の取材だった。

あとで、団員の皆から、「サユリさんをリーダーだと思ったんじゃない？　いつも落ち着いているから」と茶化されたが、もしかして、あのローカル新聞の記者は本当にそう思っていたのかもしれない。そのときもらった名刺が箱の中にしまってあるはずで、新聞の名前が、〈流星新聞〉という変わった名前だったので、その名前と一緒に、「羽深《はぶか》太郎」というその記者の名前も頭に焼きついていた。

おかしなものだ。思い出したくても思い出せないことがいくつもあるのに、わたしをリーダーと間違えてインタビューをした新聞記者の名を――それもフルネームを――なぜか覚えている。といっても、顔はぼんやりとしか思い出せない。どんなことを訊かれて、どんなふうに答えたのかも思い出せない。たしか、調音について話したような気がする。オーケストラにおいてはオーボエが基調となる音を出してチューニングする場面が多い、というような話だ。

「オーボエにオーケストラの皆が音を合わせてくれるのです」

そんなことを話したように思うが、わたしは出来上がった紙面を見ていなかった。そもそも、話したことが掲載されているかどうかも分からない。地元に編集部がある新聞だと認識していたが、その編集部というのも、町のどのあたりにあるのか知らない。

ふと知りたくなって、箱の中——実際は、引き出しだけれど——を探って、羽深太郎氏からいただいた名刺を引っ張り出してきた。こういうものは見つからないのがオチで、それきり頭の中から抜け落ちて、二度と思い出せなくなる。でも、なぜかすぐに見つかった。

「どんなことにも例外がある」と誰かが言っていた。誰だったろう。この頃、こうしたことがすぐに思い出せない。わたしはまだ——あくまで、どちらかと言えばだが——若い方にカウントされているのではないかと思っているが、こんなにも記憶というのは、あっけなく消えたり、もどかしく薄れていくものなのか。

誰の言葉だったろう——もういちど考えてみる。でも、やっぱり分からない。

いや、いまはそんなことはどうでもいい。名刺が見つかって、それはわたしの手の中にあり、これといって特徴のない用紙に、やや古びた書体で「羽深太郎」と刷られていた。名前は間違いなく合っていて、でも、やはり顔は思い出せない。

「だって、インタビューされたんでしょう?」

チェリーが、ここぞとばかりに指摘をしてきた。

「それって、どのくらいの時間?　少なくとも二十分くらいは、その人——太郎さんだっけ——と顔を合わせて話したんじゃないの」

そのとおり。二十分という時間もたぶんそんなものだった。顔の思い出せない「太郎」さんとオーケストラの練習の合間に小会議室で話した。練習場はせわしないし、場合によってはうまく声が聞きとれないこともあるので、あらかじめ小会議室に決めてあった。

そうだ。少しずつ思い出してきた。

いざ、皆から離れて一人でインタビューに答えることになったとき、どうして自分がオーケストラの代表みたいなことをしているんだろうと急に心細くなった。いま思うと、あのとき、すでに区民会館からの撤退が決まっていて、オーケストラの存続が難しくなってきたことを、皆、察知していた。それが実態であるのに、そのことを伏せて、楽団の宣伝めいたものをしなくてはならないのが、誰にとっても重荷だったのだ。

それでたぶん、わたしが選ばれた。わたしはオーケストラの中では新米だったし、思い入れもそれほどではないだろうと判断されたのだろう。思い入れが軽ければ、事務的な受け答えもそつなくこなせる——おそらくは、そうした考えが楽団員の無意識に働いて、あっさり、わたしが選ばれたのだ。

「でも、とにかく二十分間は話したのよね」

チェリーが、「そんなことはともかく」とばかりにたたみかけてきた。

「しかも、顔を見ながら」

そう。顔を見ながら二十分間。それなのに、どんなことを話したのか覚えていない。

「じゃあ、声はどう？　その太郎さんが、どんな声だったか思い出せない？　耳はいいんでしょう？　目が見たものより耳が聞いたものの方を覚えていたりしない？」

そうなのよ、チェリー。わたしとしても、「耳は覚えている」と胸を張って言いたいけれど、どうも、そうではないみたい。ああ、わたしの失われた二十分間。いくら名刺を睨んでも思い出せないものは思い出せず、そのうち、名刺の端に刷られた〈流星新聞〉の住所に気がついた。

「え？　近いじゃない」

住所が示していたのはアパートからすぐ近くのガケ下だった。

＊

アパートの前の道を西へ三分ほど歩き、坂にぶつかったら南へ向かっておりて行く。すると、二分もかからず坂の下に至り、そこからまた西へ二分ほど歩いて南側へ遊歩道を越える。

そこに定食屋〈あおい〉がある。

でも、いまは食堂はひとまずおいて遊歩道へ戻り、そのまま西へ二、三分も歩けば、〈流星新聞〉の住所に到着するはず。トータルで十分かかるかどうかだ。マリさんの家が歩いて十五分の距離にあったことが思い出された。

「じゃあ、見に行ってみようよ」

チェリーのあっけらかんとした様子に自分の認識不足が救われるようだった。それが目と鼻の先にあるなら、たしかにいまからでも遅くない。そうすることに、どんな意味があるのか分からないが、この際、意味などなくてもいい。もし、うまい具合に事が運び、忘れてしまった記憶をひとつ取り戻せるなら——つまり、〈流星新聞〉を訪ねて、「太郎」さんのお顔を拝めるなら——そうすることに意味などなくてもいい。

（ああ、そうだった）

わたしが、いま欲しいのはその感慨だ。（ああ、そうだった）と自分の体の奥にしまい込まれていたものに再会する。「再会」というのは、なんといい言葉だろう。もしかして、この世でいちばんいい言葉かもしれない。


しかし、思い立ったが吉日とは言うものの、思い立ったのが夜の九時半であった場合はどうなのか。どう考えても、はじめての訪問にふさわしい時間ではない。

「やっぱり、明日にしようか」と声を落とす。

「明日になったら、もういいやって言うんじゃない?」とチェリーは正しく指摘する。

たしかにそんな気がした。場合によっては、「もう、いいや」どころか、またしても記憶から抜け落ちる可能性がある。こういうとき、わたしは自分の体に訊くようにしてきた。行ってみたいか、行きたくないいか、頭で考える前に体に任せる。

「それはもうやっぱり行くんじゃない？」

チェリーはすでに外出の準備を整えていた。

「だって、坂の下だもの。もし、坂の上だったら、のぼるのが大変だから行かないよね」

ご明察。頭など使わなくても、わたしの無精な体は坂をおりるのであれば厭《いと》わない。

「行ってみましょう」

なにしろ、十分とかからないのだから。

たぶん、営業時間が終わって、あかりが落とされているだろうけれど、実在が確認できれば、曖昧《あいまい》だったものに骨格が与えられる。ひとまず存在していることを確認し、太郎さんのお顔を拝見するのは、明日以降、いつでも構わない。

「ついでにね」

わたしは誰へでもなく——本当はチェリーにだけれど——言い訳をするようにつぶやいた。

「買い物があるし」

ちょうど、ガケ下のスーパーへ行こうと思っていたのだ。

「そのついでに前を通ってみよう」

トートバッグを肩からさげて口を結ぶと、チェリーはニヤニヤしながら、するりとバッグの中に入り込んだ。「出発」とバッグから顔を出す。出発か。人生は出発の繰り返しだ。でも、一体、どこへ向けての出発か。結局は、人生の終わりに向かっているだけなのか。そんな、寂しい考えは持ちたくないけれど、出発ばかりが繰り返されて、依然としてどこにも到着しない。それは、もっと寂しいことじゃないか。

もし、人生を四つの季節に分けるとしたら、わたしはいま、どのあたりまで来ているのか。実際の季節はそろそろ春の終わりで、桜が散って、夏の香りが鼻の先をかすめていく。それは、たいていい夜の空気の中に感じられ、（ああ、また夏がくる）と嬉しいような鬱陶《うっとう》しいような相反した思いに包まれる。

どうだろう。わたしの人生はもう夏を過ぎたのか。それとも、これからが夏なのか。そもそも人生の四季における「夏」とはどんな時期なのか。陽の光を浴びるということ？　栄養分をいっぱいとって、来たるべき収穫の秋に備えるということか。だとしたら、いまのところ、わたしの収穫は期待できない。

「ねぇ」

坂をおりている途中でチェリーがバッグの中から声をあげた。

「前言撤回してもいい？」

「前言って？」

「坂の下へは行くけれど、のぼるなら行かないっていう話」

「どうして、それを撤回するわけ？」

「だって、結局、帰り道はのぼることにならない？」

ああ、それはそうだ。「おりる」ことと、「のぼる」ことは、いつでもワンセットで、たしか、つい最近もそう思い知らされたはずなのに、わたしは頭だけではなく体の方も覚えが悪い。

でも、おりてしまったものは仕方がない。（ああ）と嘆きながら坂の下に辿り着くと、遊歩道の草木が夜気を吸っては吐いているのか、空気が新鮮に感じられた。そればかりか、何かを想起させる予感に充ちたものが、その空気の中にある。

このところ、家にとじこもり気味で、季節の移り変わりを気にとめていなかった。でも、こうして深呼吸のひとつもすれば、一気に季節が体の中に入り込んでくる。そこに流れている時間とひとつになる。おかしな感覚だ。せわしなく感じられる世の中の時の流れに、どちらかと言うと、わたしはいちいち反発してきた。それなのに、時間の流れに取り込まれていくこの一体感の快さは何なのか。たとえ、目に見えなくても、静かに音もなく流れているものがそこにあるのは、やはり心強いことなのか。

「あ、もしかして、あれが食堂？」

考えごとに気をとられて失念していたが、ちょうど、かつての〈あおい橋〉のあたりに差しかかっていて、チェリーの言うとおり、定食屋〈あおい〉の暖簾が見える。ただし、それは夜風にはためく営業中の暖簾ではなく、ガラス戸の中に取り込まれた暖簾が、ほの暗い店内に見えているだけだった。しまわれたままの暖簾は食堂が閉店してから何度か確認している。

(やっぱり、開いてないね)

しまわれた暖簾を見るたび自らの食欲をなだめ、うらめしい思いで「あおい」の三文字を呪文のように唱えてきた。でも、どうしたことか、今宵は何かがこれまでと違っている。店が閉まっているのはあきらかだけれど、店内にわずかながら光の気配があった。

「あれって、携帯の光じゃないかな」

チェリーの観察眼は鋭く、光は誰かの手の中にあって、その誰かが動くたび光も動いて、そのうち暖簾に人影が浮かんだ。間違いない。中に誰かいる。もしかして大将だろうか。

「女の人じゃない?」

チェリーはバッグの中にあったスーパーのチラシを丸めて即席の望遠鏡がわりにした。

「髪が長くて——帽子をかぶってるかな?」

どうもそうらしい。わたしの目にもそう見えた。女性であると断言できないとしても、少なくとも大将ではない。

途端に、言いようのない「予感」が体中にひろがった。注射を打たれたような感じだ。胸に吸い込んだ夏の予感に充ちた夜気は、夏だけではなくもっと別の――あまり好ましくない――予感も孕《はら》んでいた。つまり、〈あおい〉はこのまま再開されることはなく、誰か別の人――それは、スマホを手にした女性だ――が借りるか買うかして、まったくあたらしい店を始めようとしている。わたしに残された、なけなしの直感がそう推測した。

と同時に、これでもう、オーケストラの再開も起こり得ないだろうと腑《ふ》に落ちた。わたしにしか分からないことだが、オーケストラと〈あおい〉は、ひとつながりのものだったからだ。

チェリーが店の中の人影に目を凝らし、

「ねぇ、まさか泥棒とかじゃないよね」

そう言った瞬間、意外にも店の中は通電しているらしく、「ぱっ」と音が聞こえるのではないかという勢いであかりがついた。あかりが灯《とも》った〈あおい〉を見るのは、いつ以来だったか。

「閉店した安食堂に泥棒なんて入らないよ」

わたしはチェリーの顔を見ずにそう答え、すみやかに踵《きびす》を返した。どこの誰かは知らないけれど、わが愛しの〈あおい〉を別の何かにつくり替えようと目論《もくろ》んでいる人に興味はない。

少し足早になった。

そこにはまだ、「予感」の残り香のようなものがあったが、〈あおい〉の前から離れて遊歩道に戻り、本来の目的であった名刺の住所を目指した。いや、目指すまでもなく、すぐそこにあるはずで、あらかじめ地図で確認してあった目的地は遊歩道に面した住宅地の端に位置していた。

「あのあたり」と見当をつけたところにあかりがひとつ見える。

「あれじゃない?」

チェリーが、わたしよりも先に見つけていた。

どうやら、そうらしい。足早になっていたのをゆるめ、どちらかというと、「おそるおそる」の足どりで近づいた。周囲の暗さに縁どられてそれなりの明るさに見えていたが、近づいてみると、実際はオレンジ色のあかりが室内にぼんやりと灯っているだけだ。大きめの窓と古びたドアが建物の前面にあり、いざ目の前にしてみれば、

「本当にここ?」

と声が出た。ドアの脇に星をかたどった看板のようなものが掲げられている。きっと、「流星」を示しているのだろう。住所はここで間違いなく、ブリキ製らしく錆《さ》びついているけれど、ほかでもない星を掲げているのだから、ここが〈流星新聞〉の編集部に違いない。

とはいえ、営業中ではないようだった。

まさか、このぼんやりとしたあかりの中で仕事をしているとは思えない。それを証《あか》すように、ピアノの音が、あかりの印象とあいまってぼんやりと響いた。録音されたピアノの音ではない。

この編集部にピアノが置いてあり、いま、まさしく誰かが弾いているのだ。

「いい音だね」

うっとりとした顔でチェリーが聴き入っていた。目を閉じている。

なんだろう。つい目を閉じてしまうピアノの音だ。

「なんだか、眠たくなってきちゃった」

それはつまり安らかであるということだろう。鳴っているのはピアノの音だけなのに、いまにも、いくつかの弦楽器の音が聴こえてくるような豊かさがある。

ただし、一音だけ——鍵盤《けんばん》の中ほどにある「ラ」の音を調律する必要があった。一音だけ、ずれているのはめずらしいが、おかしなことに、このピアノを奏でている人は、そのわずかな「ずれ」を受け入れながら自分の音楽に溶け込ませていた。

屋根裏のチェリー

予告編

そして、町は隅々まで夏になった。

でも、夏はやがて連日の強風に飛ばされて消えゆき、夏が終われば秋が来て、このまま、また冬が来るのを待つばかり——となったところへ雨が降り出した。

それを、「記録的な大雨」と呼ぶことは容易《たやす》い。でも、そんなふうに容易く言葉に置き換えてしまうと、実際に起きたことを、いたずらに簡略化してしまうような気がする。

起きたことは、わたしにとって、というより、町にとって特異なことだった。本当のところ、詳しい事情はよく知らない。ただ、部屋に引きこもって暮らしていると、自分の耳だけが聞いている空耳めいたものも含めて、町のあちらこちらからさまざまな音や声が聞こえてきた。そうした声から窺《うかが》い知ることができたのは、どうやら豪雨によって崩れた町の空き地から、二百年前に埋葬された鯨——それは長谷川さんが言っていた、あの鯨のことではないか——の骨と思われるものが大量に発見されたというニュースだった。

「幸いにも、家屋や店舗が取り返しのつかない被害を受けることはなかった。しかし、三丁目六番地の長らく空き地になっていた一帯がガケ崩れを起こし、ガケ下の遊歩道の一部を土砂で覆い隠した。そのあと急速に雨が小やみになったので、かろうじて倒壊や水没を免れたが、土砂の中に大量の白い破片が混ざっているのが発見され、それが鯨の骨であると判明するまで、さほど時間はかからなかった」

スーパーで見つけた〈流星新聞〉の記事がそう伝えていた。

「この町に代々伝えられてきた話をまとめると、二百年前に川をさかのぼってきた鯨の亡骸《なきがら》は川べりに埋葬されたものの、あまりに巨大であったため、地中深く埋めることが叶《かな》わなかった。形ばかりの埋葬が年月を経て土となり、巌《いわお》となって、いつしか崖《がけ》になった」

ガケの一部が、かつての川の流れに沿って鯨のような形をしているという話は、わたしも父から聞いたことがある。

「そうした話はあくまで言い伝えで、鯨がそのまま崖と化したのは事実ではないとされてきたが、伝説は大量に発掘された骨によって証明されつつある」

わたしは最初、それが夢の中で読んだ物語のように思え、この町で起きた現実であると理解するまで時間を要した。というのも、その情報を耳にする前にわたしの耳が夜ごと聞いていたのは、ガケ下のどこかから流れ出ているように思われる奇妙なヴァイオリンの音だったからだ。それがまた、この世のものとは思われない音色で空気を震わせていて、この場合の、「この世のものとは思われない」の意味するところは、すでに、この世からいなくなった誰かが奏でている音というふうに想像された。

しかし、もちろんそんなはずはない。おそらく、部屋にとじこもってばかりいたせいで気が晴れず、晴れないということは頭の中にいつでも曇り空があるようなものだった。わたしは正しい視覚や聴覚を損ない、もっと言えば、わたしはいつからか、現実に起きていることに、さほど関心を持てなくなっていたのかもしれない。

そもそも、オーケストラに参加していたあいだ、わたしはいつまでも終わることのない長い夢のようなものを見ていたように思う。なにしろ、三十人を超える演奏者がひとつの空間に集まり、何度も繰り返し演奏されてきた交響曲や管弦楽といったものを、いにしえより語られてきた伝説や物語をなぞるように自分たちの眼前に立ち上がらせるのだ。たまたま、楽団の名に「鯨」の一字が冠せられていたこともあり、わたしの脳裡《のうり》では音楽自体が大きな鯨のようなもの——あるいは、途方もない質量を持った得体の知れない怪物となって立ちあらわれるのを、頭の中のもうひとつの目が見ていた。

音楽を奏でているあいだ、その大いなる怪物の気配を常に感じ、言ってみれば、それは現実にありえない存在と交感する時間のつらなりでもあった。きっと、そうした経験が、わたしに現実ではないものがもたらす奇妙な実感とでも言うべき感覚を植えつけた。そのせいで、本物や現実が、どこに位置しているのか見失いがちになる。

だから、そのヴァイオリンの音——それは主に低音ばかりだった——が現実に聞こえているものなのか、それとも、すでにわたしのまわりから立ち去った怪物の余韻のようなものなのか、正しい判断が下せなかった。わたしにとって、鯨の骨が発掘された話は、その幻聴めいた音の延長としてあり、それもまた夢や幻の類《たぐい》なのだろうと最初は聞き流していた。

ところが、そうした認識が一変したのは——というより、それがまったくの現実であると理解したのは、嘘のように夏が風に飛ばされて消え、入れかわりに訪れた秋もすぐに終わり、町が隅から隅まで冬になった頃にかかってきた一本の電話によるものだった。

「もしもし」

その声は、わたしにしてみれば、幻聴のつづきに聞こえていた。

「はい」と、かろうじて応答すると、

「お忙しいところ、失礼します。以前、取材をさせていただいた〈流星新聞〉の者ですが——」

明瞭とは言えないものの、その声はおそらく、そう言ったように聞こえた。

「ああ、はい」と、わたしは反射的に応える。

「ええと――その、あれです、その取材のときにですね、岡さんがオーケストラの練習をするところがなくて困っている、とおっしゃっていたのを思い出しまして」

それから、しばらく沈黙があった。わたしとしては、覚えのない男性の声が自分を「岡さん」と呼んでいることに、かなり違和感を覚えていた。でも、言われてみれば、たしかにそんなことを口にしたような気がする。

「ええ、そうでした」と、やや自信なく応えると、

「じつは、ちょうどいいところが見つかりまして、もし、よろしければ、ご覧になりませんか」

電話の向こうの彼が少しずつ声を明るい方にうつろわせていた。

「ちょうどいいところ?」

「そうなんです。ちょうど、三十人編成のオーケストラが練習できるくらいの空間で」

そこでわたしは、ようやく正しい回路につながった。その声が記憶のいちばん底に残っていて、取材でインタビューを受けたときの時間や空気が、彼の――すなわち、羽深太郎さんの顔とひとつになってよみがえった。

「ええと」――わたしは、つながった回路をさらに確かめながら訊いてみた。「どうしていまごろになって」

口が勝手にそう動いた。オーケストラはもう解散してしまったのだし、そんなことを言われて

も、すべては手遅れなのだが、「いまごろになって」と口にした自分を省みて、（そんなことを言ってても相手には通じないのよ？）と自分に舌打ちをした。

いいえ、でも待って。相手は町のことに精通している新聞記者なのだから、オーケストラが解散したことだって知っているはず。

でも、待って。やっぱりそうじゃないのかも。解散したことを知っているのは団員たちだけで、公式な発表は一切していない。それは、わたしがいちばんよく知っていた。というのも、もし、発表するとなれば、わたしが、その役割を受け持つことになっていたからで、すでに団長が姿を消して、その手の事務的な処理はわたしの仕事だった。

「解散したことは伏せておきましょう」

最後にオーケストラの面々が集まったとき、誰からともなく口々にそう言い交わした。

とはいえ、こうして時間が経ってしまえば、「最近どうなの」「楽団の方は？」と親しい人に訊かれ、つい、「解散」という言葉を口走ってしまった団員もいるだろう。それが噂になってひろまれば、噂話に敏感な新聞記者は耳ざとくキャッチするはず。

あれ？　なんだか分からなくなってきた。どっちなの？　電話の向こうの羽深太郎さんは解散したことを知っているのか知らないのか。少なくとも、練習場所がなくなってしまったことは、どうやら、わたしが漏らしてしまったらしいが——。

「どうして」と、わたしが繰り返すと、

「分からないんです、自分でも。分からないんですが、これはきっと、岡さんにお伝えしなくてはと思いまして」

彼はまた「岡さん」と、はっきりそう言った。それなら、わたしだって確認しておきたい。

「つかぬことを、おうかがいしますが、あなたは〈流星新聞〉の羽深太郎さんでしょうか」

「あっ」と彼はそこで、それまでより少しばかり声が高くなり、「申しおくれまして、失礼いたしました。おっしゃるとおり、羽深太郎と申します」

電話越しであるにもかかわらず、わたしには彼が赤面しているのが分かった。

「覚えていてくださったんですか。ありがとうございます」

なんというか、その声には裏表がなく、打算や思惑や下心といったものも感じられなかった。であるなら、この人はごくシンプルに親切な「太郎さん」なのだろう。

名刺の住所をこっそり訪ねたとき、編集部の中から聞こえてきたピアノの音にも濁ったところがなかった。あのときは中を覗くのがはばかられ、ピアノを弾いていたのが誰であったか確かめなかったが、電話から聞こえてくる声とあのピアノの音色は同じひとつの空気から発生しているように思われた。

「それが快く感じられるんでしょう？」

電話を切ると、いつのまにかチェリーが横にいて、いつもどおり、わたしの胸の内を見透かしていた。

「やっぱりさ、音楽っていうのは、結局のところ、人と交わるっていうことだよね。わたし、このあいだから言ってるとおり、バンドを組みたいんだけど、なかなか、一緒に音を出したい人が見つからないの」

わたしにはチェリーの言っていることが、半分は分かるけれど、半分は分からなかった。音楽は一人でも演奏できるけれど、たしかに誰かと一緒に演奏したとき、一人のときとはまるで別の次元の快い気分になる。それは他のどんなことからも得られない。それこそが音楽のいちばんの秘密で、わたしはその秘密をより深く知りたいような知りたくないような思いでオーケストラをつづけていた。

そもそも、オーケストラに参加するまで合奏の喜びを知らなかった。一人で音を出して旋律をさらい、ＣＤの演奏に合わせてオーボエを吹くこともあった。が、そうした練習では得られなかったものが、実際の合奏でたちまち得られた。

これは、たとえば二人で演奏するとき、三人で演奏するとき、四人で演奏するとき――と人数によっても変わってくる。オーケストラ全体で演奏するとなれば、そうした少人数のときとはまた違う特別な感覚に抱かれた。その快さは、たとえその感覚の源にあるものが怪物めいた得体の知れないものであったとしても、怪物に身を委《ゆだ》ねることが快いのだと、いつからかそう思うようになった。

「だからね、サユリの気持ちはよく分かるの。音や音楽に対して、わたしなんかよりずっと鋭いし、もし、そこに自分と通い合う音が見つかったら、一緒に奏でたいと思うのが当然だよね」

それはそうなのだが、いざ一人になったとき——まぁ、そうなってしまったのだが——一人きりの演奏が楽しめなくなったらどうだろう。合奏の喜びを知ってしまったことで、わたしは一人で音を出すことが心もとなくなっていた。味気なくなっていた。

そうなってみると、また別の考えも生まれてくる。

まずは一人で完結できること、一人で快い音を奏でられること、なにより自分がそう感じられること——それが当面の目標だと唱えていた。でも、そうした考えに至ったところで、幸か不幸か、オーケストラが解散してしまったのだ。

「じゃあ、なおさら一人の演奏を極めればよかったじゃない」

それはもうチェリーの言うとおりなのだが、たとえば、チェロに比べると、オーボエという楽器はソロで演奏をするのに向いていないように思う。もちろん、いろいろな考え方があるし、どんな楽器も一人で楽しく演奏することはできるけれど、やはり、一人で奏でるのにふさわしい楽器と、合奏したときに本領を発揮する楽器がある。わたしにとってのオーボエは後者で、一人で奏でているときも、頭の中で他のプレイヤーの音を想像しながら吹いていた。

「ねぇ」――チェリーが、なぜか声を小さくした。「それは、そこから音楽がなくなっても同じこと？　つまり、人は誰かと一緒に過ごしている方が快いの？」

「ねぇ」――わたしの方は少し声が大きくなる。「もし、誰かと一緒にいることが快いとしてもね、パートナーとしてふさわしい人が見つからなければ仕方ないでしょう？　それはもしかして、一緒に音楽を奏でる人を見つけるより難しいかもしれないのよ」

「そうなんだ」

「分からないけど、たぶんそう。いまのところ、わたしは一緒に音楽を奏でる喜びには恵まれたけれど、音楽を抜きにして一緒に過ごす快さを覚えたことがない」

ただ、チェリーの指摘どおり、わたしは太郎さんの声に快いものを感じていた。それは、いまいちど自分にも問いたいのだけれど、その声にあの麗しいピアノの音が重なったからなのか、それとも、音楽を抜きにしても太郎さんの声が快く感じられたのか。

「答えを確かめたいとは思わない？」

どうしてだろう。チェリーがいつになく執拗《しつよう》に掘り下げてきた。

「確かめるって？」

もしかして、わたしもまた掘り下げようとしているのか。

「また行ってみようよ、ガケ下の編集部」

「で？　確かめてどうするの」

確かめてみた結果、もし、音楽抜きで太郎さんの声を快いと感じたら、わたしは太郎さんの声と自分の声を交える時間を持とうとするのか。あるいは、あのピアノの音が太郎さんの弾いたものであるとしたら、もっと話は単純で、ただ一緒に演奏をすればいい。

でも、本当に自分はそんなことをするだろうか。

この自問は、それから思いもよらないかたちで、つづきが展開されることになった。

「行ってみようよ」というチェリーの言葉に導かれてはいたが、その日、わたしがガケ下におりて行ったのは、あくまでレモン・ソーダを買い足すためにスーパーへ行きたかったからだ。ただ、スーパーへまっすぐ行けばいいのに、少しばかり遠まわりをして編集部のある遊歩道に足を向けていた。

「あ」

トートバッグの中から顔を出したチェリーが、前方に見えたものに反応していた。わたしにはそれが、見たことのない映画の予告編のように見えた。

四人の男がピアノを運んでいる。

ちょうど件《くだん》の編集部から運び出そうとしているところで、最初に、わたしの目は男たちではなくピアノの方に吸い寄せられた。

夕方の近づいた午後四時くらいのことだ。

すでに陽が傾き始めていて、陽の光は四人の男とその中心に君臨した——わたしには、そう見えた——古びたピアノを神々しく照らしていた。夜の暗がりで耳にしたピアノが、こうして陽のもとに姿をさらすとは思いもよらない。他の楽器であればいざ知らず、ピアノは据え置かれた場所から移動する機会がそうそうなく、タイミングとしては、数十年に一度の流れ星を、たまたま見てしまったのと同じくらいめずらしいことだった。

しかも、わたしはそのピアノの音だけを聞いていたのだから——。

あの音にふさわしい、まさにこれ以外は考えられない、ちょうどよく古びたピアノだった。わたしの耳に間違いがなければ、「ラ」の音が正しく調音されていなかったが、そのピアノの佇《たたず》まいそのものが、ただ一音だけ調子はずれに響かせるものとして、いかにもふさわしかった。

人にたとえて言えば、えばっているところがない。それでいて、人生経験がそれなりに豊富で、小さな体の中にいくつものエピソードが蓄えられている。声の大きさはあくまで控え目だし、見てくれには少しばかり難があるとしても、高いところから世の中を見下ろすのではなく、川沿いに身を置いて、町の人々と親しく過ごしてきた——そういう人が思い浮かんだ。

ピアノばかりに見とれていたので、四人の男たちの姿はもうひとつ記憶されなかったけれど、それでも、四人の中の誰が「太郎さん」であるかは見当がついた。

ああ、そうだ、この人だ。たしかに、わたしはこの人の取材を受けて、オーケストラのことや、調音のことや、オーボエという楽器について話した。おかしなことに、そのインタビューのときは、彼の穏やかな声や話しぶりに、わたしは反応しなかった。

「それは、そうなんじゃない？」

チェリーが当たり前のように言った。

「そのときはまだオーケストラが解散していなかったんだから」

そういうことなの？

「そうよ。サユリはね、オーケストラがなくなってしまったことで、いまのサユリになったんだから。いまのサユリにとって、あの太郎さんの声が快く響くの」

本当にそうなのか。自分には分からないが、起きたことを辿ってみれば、たしかにそういうことになる。

四人の男たちは、皆一様に汗をかいていた。

やや小ぶりのアップライト・ピアノだったが、それでもピアノがどれほど重たい楽器であるかは、わたしも何度か運んだ経験があるので、翌日の筋肉痛まで含めて、よく知っている。おそらく、彼らは想像以上の重たさに驚き、もしくは、あらためてピアノという楽器に畏敬《いけい》の念を覚えて——わたしの場合はそうだった——口数が少なくなっているように見えた。最初こそ、「おお」とか「ああ」とか声をあげていたが、そのうち、四人とも口を閉ざして黙々と運んでいた。

「そうかなぁ」チェリーが首をかしげる。「少なくとも畏敬の念は抱いていないんじゃない？あの人たちは、ただ単に息が上がって喋れないだけだよ」

まぁ、そうなのかもしれない。でも、そのおかげで彼らの様子は音のないサイレント映画の一場面のようになり、それがまた本編ではなく予告編のように見えたのは、これから本編に値するものが待っている——そんな予感が自分の中に湧《わ》き上がってきたからだ。

それはちょうど、コンサートが始まる前の時間によく似ていた。ひさしぶりに、あの緊張と高揚を思い出した。だから、わたしの胸はそのとき特筆してもいいくらい高鳴っていたのだけれど、それが、太郎さんという人を認めたことでそうなっているのか、それとも、これから始まる何かに心を動かされてのことなのか見きわめることができなかった。

なんだろう。

「なんだろうね」

チェリーもめずらしく同意している。

「なんだか分からないけれど、何かが始まろうとしている」

「そう思う?」

「たぶん、きっと、おそらくは」

「何が起きるんだろう」

「それはさ」チェリーはいったん口を結び、それから、自分の言葉を確かめるようにゆっくり言った。「それはやっぱり、音楽でしょう。ピアノがどこかに運ばれて行くのは、そういうことだもの。それに、太郎さんが言ってたんでしょう? ちょうどいいところがあるって」

正確に言うと、「ちょうど、三十人編成のオーケストラが練習できるくらいの空間」と言っていた。もし、この四人の男たちが、その「ちょうどいいところ」までピアノを運んでいるのだとしたら、本当に何かが始まろうとしている場面に、たまたま、わたしは出くわしてしまったのかもしれない。

真冬の澄んだ空気の中、かつて、川が流れていたところに沿ってつくられた歩道を、一台のピアノが台車に載せられて静かに移動している。

これは、きっと忘れられない光景になると確信していたが、その一方で、前から気になっていた左の奥歯が、嫌な予感と共に、ずきずきと痛み出していた。

屋根裏のチェリー

あなたは誰？

歯医者に行くと、かならず睦子《むつこ》さんを思い出す。

父の姉――わたしの伯母である。いまはもう、記憶の中にしかいない。

陽気な人だった。まるで屈託がなく、およそ遠慮というものを持ち合わせていなかった。だから、何の予告もなしに、

「ちょっと来てみたわ」

昼となく夜となく急にあらわれた。

「何か飲むものはない？　水でもいいの」

そう言われても、水だけを出すわけにいかない。それで、わたしがコーヒーをいれて出すと、

「おいしくないけど、せっかくだから飲んであげる」

そう言って、三杯もおかわりした。

それでも睦子さんは、とにかく話が面白く、とりわけ若いときの武勇伝のようなものを次々と

話してくれた。「武勇伝」というのが正しい言い方かどうか判断できないが、伯母は勇ましいところがあっただけではなく、奇妙なことに、痛覚というものがなかった。

本当にそうであったかどうか、わたしには分からない。睦子さんが言うには、自分には痛みの感覚がなく、たとえば台所で料理をしていて、うっかり包丁で指先を切ってしまっても、血はたくさん出ているのに、何ら痛みは感じないのだという。

痛みを感じないのは、それが歯であっても同じことで、うらやましいことに伯母は歯の痛みをまったく知らなかった。そのくせ、しばしば虫歯になってはさっさと治していたのだが、というのも、伯母は自分から積極的に——ひとつの楽しみとして——歯医者に通っていた。歯の痛みを知らないだけでなく、伯母は歯医者というものをことのほか好んでいた。歯医者に行くこと自体が好きだったのだ。「あの独特な匂い」であるとか、「治療のときの音」であるとか、「診察台の座り心地」であるとか、「妙な器具を手にした先生」であるとか、わたしにはとうてい理解できなかったが、伯母はそうしたものをことごとく好んでいた。ときには、どこも悪くないのに歯医者に押しかけ、「どこか悪くないですか」と、その大きな口を診察台の上でうれしそうに開いていた。

いつだったか、伯母の歯を治療していた先生が言っていた。

「私も長いこと歯医者をやってきましたが、あなたの伯母さんくらい、楽しそうに治療を受ける方はいません。もしかすると、世界中探しても見つからないかもしれません」

まず、間違いなくそうだろう。伯母は世界でいちばん歯医者の好きな人だった。

その伯母と同じ血がわたしにも流れているはずなのに、わたしは正反対で、何よりも歯医者が嫌いだった。歯が痛くなるのは恐怖でしかなく、痛み出したら、世界の終わりが来てしまったような絶望に陥る。

でも、本当にこの世の終わりが来たわけではないのだから、と自分に言い聞かせ、とにかく歯医者にはなるべく早めに行くよう心がけてきた。そうしないと、後でもっとひどいことになる。

それに、わたしも歳を重ねるにしたがい、歯の治療がただ苦痛であるのは人生をつまらなくしているのではないかと思うようになった。どんなに辛《つら》いことやきついことであっても、そこから少しでも楽しみや喜びのようなものを見つけ出すこと——歳をとるというのは、そうした術《すべ》を身につけてゆくことだった。

というか、そんなふうに考えるようになるのが、つまりは歳をとるということなのだ。

こと歯科医院については、ひそかな抵抗とでも言うしかないが、なるべく居心地のいい、きれいなクリニックを探して通うことにしていた。結果的に同じクリニックに通うことはあまりなく、常により良い歯医者をもとめてきた。

それで言うと、わたしが最もあたらしく知ったより良い歯医者は、オーケストラのメンバーであった玲子《れいこ》さんに教わったクリニックだった。玲子さんはビオラ奏者で、上の名前がわたしと同じ「岡」であったからか、なんとなく親近感があった。そのうえ、彼女は歯科衛生士でもあり、二丁目にある〈小田原《おだわら》デンタルクリニック〉で働いていた。

「うちのクリニックはとても快適だし、とにかく痛くないですよ」

わたしにとって、これ以上の情報はない。しっかり連絡先をメモにとり、部屋のいちばん目立つところにピンナップしておいた。もしこの次、歯が痛くなったら、かならず玲子さんがいるこのクリニックに行こうと決めていた。

そして、ついにそのときが来た。左の奥歯があきらかに虫歯であることを訴えている。分かってはいたのだ。少し前から冷たい水が沁み、夜中にわずかな痛みを覚えることがあった。騙《だま》し騙し、やり過ごしてきたが、とうとう我慢できない痛みが襲ってきた。こうなったら覚悟するしかない。メモを頼りに予約の電話を入れると、

「もしかして、オーボエのサユリさん?」

「その声は、ビオラの玲子さんですよね」

あらかじめ、わたしがより良い歯医者を探していることを伝えてあったので話は早かった。

「虫歯ですか」

玲子さんは彼女の演奏と同じように冷静かつ的確で無駄がなかった。

「ええ――はい」

「いま、痛いですか」

「はい。いま痛いです」

「では、今日の夕方ではどうでしょう」

そういうわけで、さっそく〈小田原デンタルクリニック〉を目指すことになり、地図で調べると、そう遠くはなかった。


玲子さんの言うとおり、とてもきれいなクリニックで、待合室には色とりどりの熱帯魚が泳ぐ大きな水槽が置かれていた。わたしの他には誰もいない。わたしと熱帯魚だけだ。

「岡小百合さん、どうぞ」

玲子さんの声に呼ばれて診察室に入ると、顔の半分がマスクで覆われた院長先生が、「ようこそ、いらっしゃい」と低い声でそう言った。デンタルクリニックでそんなふうに言われたのは初めてで、顔の下半分はまったく見えなかったが、感じの良さそうな先生だった。

「ああ。虫歯ですね」

先生はわたしの口の中を見るなり即座に診断を下した。レントゲンを撮ってふたたび診察台に戻ると、目の前の画面に自分の口内が大きく映し出されている。

「だいぶ放っておきましたね」

すべてはレントゲンの如く見透かされていた。


治療が終わって受付で支払い待ちをしていると、マスクを外した玲子さんがあらわれ、

「その後、どうしてる?」

いつもの彼女に戻っていた。

「どうもしていないです」

そんな答えしか返すことができない。

「オーボエは?」

「オーケストラが解散してから、ほとんど楽器に触わっていないです」

「私も同じ」

え、そうなんだ、と意外な気がした。オーケストラのメンバーが解散後どのように過ごしているかわたしは知らない。玲子さんに、「メンバーと連絡をとることはありますか」と訊いてみたら、「いいえ、まったく」とのこと。そんなものだろうか。わたしはオーケストラに後から加わったので、わたしに連絡や誘いがなかったとしても何も不思議はない。でも、玲子さんのような古株メンバーですら、解散してしまったら、それきりメンバーと連絡をとらなくなるのか。

逆に言えば、やはり、オーケストラというのはひとつの場所で、場所がなくなってしまうと、人はなかなか顔を合わせる機会を持てなくなる。場所もないのに、わざわざ会って話をする意味が希薄になる。場所さえあれば、それだけでなんとなく集まって話ができるのに。

あれは、とても居心地のよい場所だった、とようやく気がついた。

（うんうん）と、わたしが納得して頷いたとき、ふいに、受付の壁に貼り出されていた告知に目がとまった。

「このたび、地層の下から現れた鯨の骨を標本として復元すべく、組み上げて保管と展示をしたいと考えています。」

「巨大かつ膨大な数の鯨の骨を組み上げていくには、骨を支える大小さまざまな鉄骨が大量に必要になります。」

「ついては、町の皆様のご援助を賜りたく存じます。無事、展示まで辿り着けば、多くの来訪者を望めますし、そうすれば、町の活性化にもつながるであろうと思います。」

それまで不確かな噂話のようなものでしかなかったものが、急に物質的な実感をともなって目の前に――依然として幻のようなものではあるとしても――立ちあらわれた。それはちょうど、オーケストラで交響曲を演奏しているときに、頭の中に巨大な怪物めいたものが幻影としてあらわれる様によく似ていた。

わたしがその告知に目を奪われているのに玲子さんが気づき、

「それ、うちのクリニックも募金に協力したの。私がね、先生に協力したらどうでしょうかとすすめたの。だって、すごく面白いじゃない？　掘り出した骨を組み上げて、もとの形どおりに鯨を再現するなんて」

それは玲子さんがそう言っているからなのか、わたしにはやはり、オーケストラの演奏によって得られる感慨について話しているように思えた。わたしたちのオーケストラが演奏していた楽曲は、はるか昔につくられたものであり、すでに作曲者はこの世に存在していない。その譜面だけが残されていて、譜面どおりに音を再現することによって、音でつくられた大きな森のようなものを立ち上げる。この「森」を、たとえば、「鯨」に置き換えてもいいかもしれない。

わたしがそんなふうに連想してしまうのは、きっと、長谷川さんの家で見せてもらった、あの鯨の模型が頭にあるからだ。

「とても大きな、想像もつかないほど大きな鯨だったのです」

長谷川さんはそう言っていた。そのときもやはり、自分の頭の中に浮かんだ鯨の幻影が、演奏中に垣間見る《かいまみ》「森の中の怪物」を想起させた。

そんなことも思い出され、わたしの頭は少しぼんやりしていたかもしれない。そこへ不意討ちを食らったように目が覚めたのは、告知の最後に連絡先として、「流星新聞」と「羽深太郎」の名前が記されていたからだった。

え？　どうして、こんなところに羽深太郎の名前があるのかと首をひねりかけたが、考えてみれば、彼は町で起きているさまざまなことを取材しているのだから、大事件と言っていい「鯨の骨の発見」は記事を書くだけでは済まされず、こうして町の人々に募金などを呼びかけることにもなったのだろう。

*

「どうだった？」

歯医者を背にして歩き出すと、肩からさげていたトートバッグの中からチェリーが顔を出した。

「あれ、いつからそこにいたの」

「いつからって、ずっとここにいたけど」

「そうなんだ」

「だって、歯医者に行くのは、この世の終わりみたいなことだって言ってたじゃない。そんなこと言われたら、わたしだって少しは心配になるよ。だからね、もし、サユリが失神でもしてしまったら、わたしがほっぺたを叩いて起こしてあげようと思ったわけ」

「ありがとう。でも、そんな必要はなかったみたい」

「そうみたいね。すごく手際のいい先生だったし。ちょっと惚《ほ》れ惚《ぼ》れとするくらい」

「そう。まるで痛くなかったの。ただね、代わりにいろんなことを思い出した」

「いろんなことって？」

「睦子さんは陽気な人だったけれど、嘘をつくのが得意だったなぁって」

「そうなの？」

そうなのだ。あまりに平然と嘘をつくので、嘘をついているかどうかも分からない。でも、時間が経って振り返ったときに、睦子さんが言っていたことはでたらめだったのだと気づくことが何度かあった。となると、もしかして歯医者が好きであったというのも――治療にまったく痛みを感じなかったというのも――じつのところ、本当であったかどうか分からない。普通に考えれば、とても本当とは思えないのだし。

「ねぇ、訊いていい？」

チェリーはトートバッグの把手《とって》に頭をもたせかけていた。

「人はどうして嘘をつくの？　ていうか、嘘をつくことと本当のことを言わないのは同じこと？」

それはとても難しい問題だ。本当のことを言わないのと嘘をつくことが同じであるなら、おそらく、この世のすべての人は頻繁に嘘をついている。

「そうね。本当のことを言わないのは、嘘じゃなくて秘密という言い方になるのかな」

「じゃあ、嘘と秘密は違うもの?」

「それもまた答えにくい質問——」

もし、誰かが見ていたら、こうして会話をしているわたしの様子をどう思うだろう。その人にはチェリーの姿が見えていない。わたしは、おかしなひとりごとを繰り返す怪しい女ということになる。幸い、クリニックからアパートへ戻るあいだ、誰ともすれ違うことはなく、歯の痛みもひとまずおさまって気分はよかった。ただ、「嘘」と「秘密」が違うものであるかどうかを考えるのはなかなか骨が折れ、「おそらく」と言うしかないけれど、言葉が違うのだから意味も違うのではないかと結論した。

嘘は秘密を呼ぶし、秘密が嘘を呼ぶのも間違いない。きっと、睦子さんには誰にも言えない秘密がたくさんあり、それで、たくさん嘘をついたのではないか。

そう考えると、悲しくなってきた。睦子さんが話してくれた「武勇伝」がどれも嘘なのだとしたら、わたしは結局、睦子さんの本当のところを何も知らないことになる。チェリーに言われて、あらためて考えてみると、記憶にのこる話の数々が本当であるはずがないと思えてきた。

なにしろ、屈強そうな男たちに囲まれながらも次々となぎ倒したとか、十メートルはあろうかという塔の上から眼下の砂地に飛び降りたとか、鏡の中に自分ではない誰かを見つけて駆け寄り、そのまま鏡に衝突して鏡をすっかり割ってしまったとか。

「痛くなかったの?」

睦子さんの話を聞くたび、わたしは狼狽《うろた》えた。

「痛くなんかないよ。すごく楽しかったから」

その楽しかったことが、どれも本当ではないとしたら――。

急にあたりが暗くなったような気がした。

きっと、季節のせいだ。ついこのあいだまで夜になってもまだ明るい時間がつづいていたのに、いつのまにか、夕方の気配を感じた途端、夕闇が忍び寄ってくる季節になっていた。気づくと、あたりは青い空気に充たされ、街灯がともり始めて、家々のあかりもともされてゆく。

前にもこんなことがあった。何か考えごとをしているうちに足もとが暗くなり、ふと顔を上げた視線の先に、〈あおい橋〉の名ごりの欄干《らんかん》が見えた。その向こうには暖簾をしまい込んだ定食屋〈あおい〉がぼんやり見える。

わたしは何をしているのだろう。なんだか同じ時間に同じところを行きつ戻りつしているみたいだ。きっと、どこかへ行こうとはしている。でも、どうしてか、同じところを何度も歩きまわっている。ひとつも前へ進んでいない。

残照と言うのか、陽の光が消えてなくなってしまうその寸前、わたしは同じことを繰り返すとが、いまの自分のつとめであるかのように、なんとなく、〈あおい〉の方へ向かって歩いた。やはり店は閉じられたままで、あかりのひとつもついていない。

が、店の正面に立ったとき、消えのこった陽の光の加減によるものか、なぜか、食堂のガラス戸が銭湯にある大きな鏡に見えた。

鏡には当然のごとく、わたしが映っている。

夕方の空気の中にトートバッグを肩からさげ、ひとり心もとなく立ち尽くして、わたしはただ、わたしをじっと見ている。

その顔がふと伯母に見えた。初めてではない。こんなふうに薄暗いところに立って鏡を覗いたり、あるいは、夜の電車ですぐ目の前の窓に映る自分の顔を見たとき、自分の顔とは思えないほど歳をとっていて——それはつまり未来の自分の顔なのかもしれないけれど——わたしにはそれが伯母に見えた。父と伯母はよく似ていたし、わたしは父に似ていたので、わたしの顔が伯母に似ていたとしても、何ら不思議ではない。

伯母は鏡の中に「自分ではない誰か」を見つけたと言っていた。それは誰だったのか。やはり、血のつながった誰かの姿だったろうか。

でも、わたしには、とても鏡の中に突進する勇ましさはなかった。

あなたは誰？

せいぜい、鏡に向かって、そう声をかけるだけだ。

ふだんはあまり考えたことがなかったが、こうして鏡の中に伯母の顔や父の顔を呼び戻していると、二人とも、もうこの世にいなくなってしまったのだと、そんな当たり前のことが急な夕闇のように迫ってきた。

いや、そうじゃない。わたしは急いで首を振った。首を振らないと、思いついたことが、全部、本当のことになってしまう。

そうじゃない。このとおり、伯母も父も鏡の中にまだいる。ときどき、わたしは父とそっくり同じくしゃみをしているのに気づき、伯母とまったく同じ笑い声で笑っている自分に気づく。


「行きなさい」


どこからか伯母の声が聞こえてきた。いや、どこからかではなく、それはやはり鏡の中からだ。鏡の中の伯母がわたしに向かって、「行きなさい」と言っている。

どこへ？

「どこへでもいいのよ。どこへでもいいから、ここから行きなさい」

行きなさい、と声はそう言っているが、わたしは何かとても大きな力によってはねのけられたような気がした。実際、わたしの体は、はねのけられた反動でびくりとなり、一歩、二歩と後ずさりをして、それから、そのまま踵を返して食堂の前を離れた。伯母の声がそう言ったように、離れながら、ここから「どこかへ行くのだ」と、わけもなくそう思った。

まるで、長いあいださまよい歩いていたらその突き当たりに鏡があり、鏡にぶつかったら、あとはもうUターンをするしかないと誰かがそう言っているようだ。

「きっと大丈夫」

それは、トートバッグから顔をのぞかせたチェリーの声だった。

*

その夜は大きな川が音をたてて流れていくように通り過ぎた。

さまざまなものが川に流され、暗い濁流に巻き込まれてどこかへ流れ去っていく。そんな夢のようなもの——あれは夢だったのか——を見た。

目が覚めたとき、妙にさっぱりした気分で、それでいて、やはり川の水に巻き込まれたときの体の重たさがのこっていた。

といって、わたしは川に巻き込まれたことなどないのだが――。

「チェリー？」とわたしの声が彼女を呼んでいた。「チェリー、そこにいる？」

でも、姿を見せない。

そういうものだ。わたしが彼女と話したいときに、かならず彼女があらわれるとは限らない。むしろ、誰とも話したくないときや、一人で考えたいときに彼女はあらわれる。

妙に部屋の中が静かだった。

もともと静かな部屋なのだ。町の喧騒《けんそう》から離れているし、どちらかと言えば空に近い。それでいて、鳥たちの声がやかましいということもなく、むしろ、この静けさを望んで、わたしはこの部屋に引きこもってきた。

水に巻き込まれたことはないとしても、あのオーケストラの合奏の昂《たか》ぶりはまったく音の洪水に等しかった。音に巻き込まれ、音に流され、音に運ばれて、どこか遠いところまで出かけた心地になった。オーケストラが解散したとき、そうした溢れ出るような音の流れから逃れ、ただ静けさの中に身を置きたいと望んで、ここに引きこもった。

もし、ひとつだけ難があるとすれば、ほんの小さな音が、本来の音の何倍、何十倍にも聞こえるときがあることだった。いまが、まさにそうで、何かとても耳に鋭く届く音があり、それがコートのポケットにしまい込まれた携帯電話の呼び出し音であるとしばらく気づかなかった。ただ、どういうわけか、鋭いながらもその音は、わたしに優しく呼びかけているようで、途切れることなく、わたしを待っていてくれた。

わたしは立ち上がり、ハンガーにぶら下がったコートのポケットから携帯電話を取り出して、「はい」と応えた。自分の声が自分でも聞いたことがないくらい冷静だった。

「もしもし」と男の人の声が耳に響く。

「はい」と、もういちど応えた。

「岡さんでしょうか。〈流星新聞〉の羽深です。すみません、いま、お仕事中でしょうか」

「はい」——わたしはそう答える。もちろん仕事などしていないし、それどころか、わたしにはそもそも仕事らしい仕事がない。

「失礼ですが、どちらでお仕事を——」

「二丁目の〈小田原デンタルクリニック〉で歯科衛生士をしています」

「そうでしたか」

彼は——太郎さんは、わたしの言葉に何の疑いも持っていないようだった。どうしてだろう。わたしは彼に知られたくなかったのだ。オーケストラが解散し、それからというもの、すっかり気持ちがふさぎこんで、ずっと屋根裏部屋に引きこもっていたことを。

「お休みはいつですか」

「次は水曜日がお休みです」

たまたま手もとにクリニックの診療券があった。

「では、その水曜日に工場を見に行きませんか」

「工場？　ですか」

話を聞いてみると、どうやら、このあいだ太郎さんが言っていた「オーケストラが練習できるくらいの空間」というのは、廃業になったチョコレート工場のことであるらしい。

「そうですね」と、わたしは迷っているふりをした。玲子さんが言っていたことを思い出し、

「このあいだ、うちの院長に訊いてみましたら、〈鯨の骨プロジェクト〉に寄付をしたと言っていましたので――」

そのまま言ってみた。

「本当ですか。それはありがとうございます」

太郎さんが頭をさげている様子が浮かんできた。（ああ、罪悪感）と思いつつ、

「ですので、寄付をしたクリニックの一員として、見学させていただけたらと思います」

口がするすると動いた。

電話を終えたとたん、天罰が下ったかのように治療した奥歯がずきずきと痛み出した。

（ああ）

残念ながら、わたしはやはり痛覚をものともしない伯母の血を引いていない。

いや、本当のところは引いているのだけれど、わたしが引き継いでしまったのは、冒険心に富んだ豪快な伯母ではなく、どうやら、嘘をつくのがうまかった睦子さん――本当のことを言わない伯母の方だった。

チョコレート工場

そして、水曜日がやってきた。

待ち合わせは、「〈あおい橋〉で」と、わたしの方から指定したのだ。

「〈あおい橋〉？」と太郎さんが不審そうに訊くので、

「正確には、〈あおい橋〉があったところです」

そう補足すると、

「岡さんは、昔からこの町にいらっしゃるのですね」

急に太郎さんは嬉しそうな声になった。

「ええ。川が流れていたときからです」

それは嘘ではなかった。アパートを出て坂をおりればそこに川があり、それは何も特別なことではなく、ただそこに川が流れていた。でも、太郎さんが「ちょうどいいところ」と呼んだチョコレート工場には少しばかり思い入れがある。

短いあいだではあったけれど、伯母がチョコレート工場で働いていたからだ。

伯母が住んでいたのは電車で三駅はなれた町だったが、頻繁にわたしたちのアパートに姿を見せたのは、チョコレート工場に通っていたからだった。そのころは、ほとんど毎日のように、うちに立ち寄っていた。

「知り合いに紹介してもらったの。簡単な仕事だし。できたてのチョコレートを袋に詰めるだけなのよ。お給料は大してよくないんだけど」

伯母は工場でもらってきたチョコレートを父に渡していた。わたしには決して渡さない。

「ここのチョコレートは、なかなかおいしいの。だから、あなたに渡したら、あっというまに食べちゃうでしょう？　子供がチョコレートを食べすぎると鼻血がとまらなくなるの。だから、あなたにはあげません」

伯母は知らなかったのだろう。わたしがあまりチョコレートを好きではないことを。だから、伯母からもらったチョコレートを父にせがむこともなく、思い出したように、ほんのひとかけらをかじっていた。

口にするたび、なんとも言えない思いになったのを覚えている。お菓子はいろいろ食べていたが、それらはどれも自分から遠く離れたところでつくられていた。でも、そのチョコレートは坂をおりた、すぐそこでつくられていた。しかも、伯母がそこで働いているというのが、なんとも言えない奇妙な感覚を助長していた。

一度だけ、工場を見に行ったことがある。細い路地の突き当たりにあり、路地は舗装されていない砂利道だった。ゴム底靴で歩くと、足の裏が痛くなるくらいゴツゴツした砂利が敷かれ、両脇には何軒かの古い家が建ち並んでいた。人が住んでいるのかいないのか分からない。少なくとも、わたしがそこを歩いたときはまるで人の気配がなく、ただ、突き当たりにある工場だけが音をたてていた。

異様に大きな工場に見えた。錯覚だったかもしれない。狭い路地を抜けた先にあるので、実際より大きく感じられる。もちろん、子供だったせいもあった。自分が住んでいる町ではない、どこか別の世界へ来てしまったように感じた。

当然、チョコレートの甘い匂いが漂っていて、その匂いを表現するには、いまなら、「エキゾチック」という言葉を使うかもしれない。工場で主につくられていたチョコレートは「無垢《むく》」と呼ばれ、その多くは業者に卸したり別の大きな工場にまわされているようだった。わずかにオリジナルの商品もつくっていて、何種類かあった中に、そのエキゾチックな香りの香料やスパイスを使ったものがあった。

それにしても、わたしはどうして、ここへ来たのだろうと思った。伯母が本当にそこにいるか確かめたかったのか？　理由はいくつかあっただろうが、ひとつは、おそらくそれだった。じつは、チョコレート工場で働いているというのは嘘で、何かもっと別の理由があって、伯母はこの町に来ている——そんな疑いを持っていた。伯母の性格からして、大いにあり得る。

たとえば、工場で働いていたのは伯母ではなく伯母の恋人であったとか——。

大きな工場だったが入口はさほどでもなく、白い鉄の扉に〈タンゴ洋菓子工場〉と刻まれたプレートが貼られていた。その扉が少し開いているように見え、もし、そうでなかったら、わたしは工場の大きさと奇妙な香りに気押されて、さっさと引き返していただろう。換気のためなのか、わずかに開かれたドアの中から規則的な機械の音が聞こえ、そのリズムに魅かれて、わたしは扉に近づいた。

そういえば、はじめて〈鯨オーケストラ〉の練習所を訪ねたとき、入口のドアを五センチほど開いて、そっと中を覗いたのを思い出した。そのとき、（いつかもこんなことがあった）と妙な既視感に襲われたが、そのときは、それが何であったか思い出せなかった。でも、間違いない。工場の中を覗いたときのことが思い出されたのだ。

そのときのわたしは言葉にできないとても大きなものを目の前にして圧倒されていた。

その「大きなもの」は小さなものの集合体で、こまかい小さなものが集まって、はかり知れない大きなものになっていた。しかも、その「大きなもの」は生きもののように動いている。自分が住んでいる町の、毎日、眺めていた川のすぐそばに、お話の中にしか出てこないような不思議な世界があった。工場というものをはじめて目の当たりにした驚きもあっただろう。見慣れない機械や道具が並び、同じ色の作業服を着た人たちが黙々と手を動かしていた。手を動かしている人たちは何人もいて、ざっと見た感じでは女性の方が多い。同じ作業服に同じ作業帽をかぶっているので、皆、同じ顔に見えた。

そうして、しばらく様子を窺っているうち、「あっ」と声が出た。

(大丈夫。機械の音がうるさくて、わたしの声は誰にも聞こえていない——)

伯母の姿があった。恐い顔をしている。もともと伯母は笑顔のときより恐い顔をしているときの方が多かったが、そのときの顔はそれまで見たことのないものだった。あれはつまり真剣な顔で、わたしは、はじめて伯母の真剣な顔を見た。

ひどく汗をかいていた。冬であったと思うが汗が帽子に染み、手もとを見つめて同じ作業を繰り返している。

わたしは後ずさりをして扉から離れた。ざくざくと音をたてながら足早に砂利道を歩き、足の裏がすごく痛かった。

それから、チョコレート工場に行ったことはない。もともと用のない者が行くところではなか

った。伯母がいつ工場の仕事を辞めたのか、わたしは知らない。いつからか伯母はアパートに姿を見せなくなり、ある日、父に、

「最近、睦子伯母さん、チョコレート持ってこないね」

と、なにげなく言ってみたら、

「工場はとっくに辞めたよ」

窓の方を見て父はそう言った。わたしの顔を見ようとせず、わたしに知られたくないことがあるようだった。そういうとき、わたしはそれ以上、何も訊かないようにしていた。

*

「岡さんはチョコレート工場に行ったことありますか?」

工場へつづく砂利道の手前で太郎さんにそう訊かれ、

「いいえ」

わたしはすぐに首を振った。うっかり、砂利道が昔のままであったことに言及しそうになったが、わたしのなけなしの反射神経は、きっぱり、「いいえ」と、わたしの口を動かした。

「そうですか。僕は子供の頃、一度だけ中を覗いたことがあります」

太郎さんの話を半ばうわの空で聞き、ゴム底の靴でなくても、足の裏に砂利が痛く当たるのをいちいち確かめていた。両脇に並ぶ家々もそのままで、さすがに誰も住んでいないようだ。

「最近は子供の頃の風景がそのまま残っているところが少なくなりました」

「ええ」

短くそう答え、わたしはなるべく余計なことを話さないようにつとめた。わたしにはそういうところがある。付き合いの浅い人の前では、妙にかしこまってしまう。もっと適切な言葉を使えば、「いい子ぶって」しまうのだ。

チェリーに言わせれば、「そんなの、誰だって同じだよ」とのことだが、わたしは少しばかり度を越していた。素の自分を知られたくなかった。素の自分を見せてしまうと、自分が記憶の底に押し込めているものまで露呈してしまう。それで、わたしは周囲の大人たちがわたしに期待しているであろう「優等生な女の子」を子供の頃から演じてきた。

ただし、本当の優等生がどんなものか分からないので、あくまで、わたしの考える、きわめて偏見に充ちた「優等生」だった。言葉遣いに気をつけ、きちんとアイロンをかけた服を身につける。笑うときには口を隠し、そもそもあまり笑わない。ひとりで定食屋に通っていることなど決して明かさず、ひどい点数だった算数の答案用紙を川に破り捨てたことももちろん秘密だった。

それだけではない。わたしはオーケストラの中ではいちばん下っ端であり、太郎さんは「練習

所にどうですか」と声をかけてくれたが、わたしはそれを決めるような立場ではなかった。たま

たまインタビューを受けてしまったので、彼はわたしが楽団の幹部の一人ではないかと思い込んだのだろう。

そう考えると、わたしは嘘ばかりついていた。本当の自分を見せようとしない。もし、子供の頃にこの砂利道を歩いたことを話したら、あのときの伯母の真剣な顔について話すことになり、その顔から目を背けるようにしてアパートまで走って帰ったことも話してしまうかもしれない。

「この工場は廃業になって、いまは使われていないんです」

太郎さんの言葉に立ちどまると、すぐ目の前にあの鉄の扉があった。扉についていた〈タンゴ洋菓子工場〉のプレートは外されていたが——外された跡がそのまま残っていた——扉自体はあのときのままだ。

「ここです」

扉がひらかれて中へ導かれた。中の様子は一変していて、休みなく動いていた機械はすべて撤去され、ただ白く広々とした空間に見覚えのあるものが置かれていた。

「あ、ピアノですね」

このあいだ、太郎さんが運んでいたピアノだ。吸い寄せられるようにまっすぐピアノに向かい、

手で触れられるくらいまで近づくと、遠目に見て予測していたとおりの古びた感じに、くすぐったいような愛着を覚えた。

見渡すと、工場はもはや、がらんどう、と言っていい空間になっている。鉄骨を組み上げているのか、そのための資材や道具が床に投げ出され、その向こうにおびただしい数の段ボール箱が積み上げられていた。

「あれは？」

「骨です」と太郎さんが頷いた。

「不思議です」

わたしは思ったことをそのまま口にした。

「海が近いわけでもないこんなところに、あんなに沢山の鯨の骨が埋まっていたなんて」

「昔はいまより海が近かったみたいです」

太郎さんの声はピアノの弦と共鳴しているかのように、どこか音楽的だった。耳に快く響く。

「埋め立てられて遠くなってしまっただけで、川にしても、二百年前は川幅がずいぶん広かったようで」

わたしたちはピアノから離れて段ボールの方へ歩いた。

「迷い込んできたというより、体の弱った鯨が潮に流されて川に入り込んでしまったんです」

「そうなんですね」

「そういえば――」

太郎さんがふいに顎《あご》を上げて、わたしの顔を見た。

「どうして、〈鯨オーケストラ〉という名前なんですか」

優等生は、こういうときどうするのだろう。名前の由来を説明するとなると長谷川さんの話をしなくてはならない。憧れのマリさんのことも話す必要があるかもしれない。反射的に優等生の笑顔をふりまいてみたものの、正しい説明をするのが難しい。

「オーケストラの名付け親は塚本さんといって、楽団の指揮者でリーダーでもありました」

本当の名付け親は長谷川さんだったけれど、そういうことにしておいた。

「その塚本さんの体つきや顔なんかが、どことなく鯨に似ていたんです。それで、若いときから鯨というあだ名で呼ばれていたみたいで、わたしたちもときどき、鯨さん、と呼んでいました」

「過去形なんですね」

突然、割り込むようにそう言った太郎さんの言葉に、「え?」と反応しながらも意味が分からなかった。過去形? そうか。たしかに、わたしは「呼んでいました」と過去形で話している。

「そうですね」

素の自分に戻りつつあるのを自覚していた。そして、それが少しも嫌ではない。

「塚本さんは、どろんしてしまったので」

「どろん？」

「ええ。突然、いなくなってしまったんです」

「それは練習をする場所がなくなってしまったからですか」

「さぁ、それはどうなんでしょう――」

そこのところは本当に分からなかった。

「だから、オーケストラはそれっきり解散してしまったんです」

「え？」

今度は太郎さんが意味を解しかねているようだった。それはそうだろう。解散してしまったのに、どうして練習所の下見に来ているのか、自分でもよく分からない。

「だからですね――」わたしはため息をつくしかなかった。「だから、せっかくこんなにいいところを見つけてくださったのに――残念でなりません」

本当にそう思った。

「残念です」

同じ言葉をただ繰り返すしかなかった。

＊

「今日はありがとうございました」

　お礼を言って太郎さんと別れたあと、わたしは坂をのぼらず、おなじみのスーパー・マーケットに向かってまっすぐ歩いた。最初からそのつもりだったので、トートバッグもさげてきたが、それをさげていれば、「あのさ」とチェリーがバッグから顔を出すであろうことも想定済みだった。

「なに？」

　わたしの声の調子をチェリーは敏感に察知している。

「サユリは太郎さんのことが好きなのね」

「なによ、それ」

「だって、いつものサユリと違ってたし」

「そう？　わたしは人前だと、いつもあんなふうに優等生ぶっちゃうの」

「じゃなくてさ」

　チェリーが首を振った。

「ところどころ、素のサユリのまま喋ってたでしょう？」

「そうかな」

とは言ったものの、まさにそのとおりだった。自然とそうなっていた。

「わたしの見るところ、太郎さんもサユリのことが気になってるんじゃないかな」

いつもなら、こういうときチェリーはニヤニヤして意地悪そうな顔になるのだが、なんだか、いたって穏やかな顔をしている。

「どうしてそう思うの？」

「サユリは気づいていないだろうけれど、残念です、って繰り返して、ちょっとさみしそうな顔になったでしょう？　あのとき、太郎さんがサユリとまったく同じ顔になったの。それからずっとサユリの背中を見ていた」

それは知らなかった。ただ、太郎さんは別れぎわに、「そうか」と、ひとりごとのように、突然、言ったのだ。

「その塚本さんという人が帰ってくればいいわけだ。『鯨さん』が、またオーケストラに帰ってくればいいんですよね？」

砂利道を戻ってくるあいだ、太郎さんはうつむいて黙っていたけれど、え？　そんなことを考えていたのか、と意外に思った。彼はオーケストラのことをよく知らないはずで、取材はただ一度きりだった。

「だからね、それなのに、どうしてサユリのことをそんなに気にかけてるのかってことなのよ」

チェリーの話し方が睦子伯母さんに似ていた。わたしは伯母さんが何を考えているのか分からなかったが、伯母さんは、わたしが考えていることを、わたし以上に分かっていたように思う。

スーパー・マーケットで買うものはあらかじめ決めてあり、ひととおり頭の中にあったが、つい、菓子売り場でチョコレートに目がとまってしまった。普段はチョコレートになど目もくれないのに、(あら、おいしそう)と、なぜかそう思った。

バッグの中から、「いいね！　チョコレート」とチェリーの声が聞こえてくる。

そういえば、わたしがチョコレートをほとんど食べないので、チェリーもまたチョコレートにありつけない。考えてみれば、かわいそうだった。

陳列棚に並んでいる色とりどりのパッケージや包み紙に目移りしたが、中にひとつ「無垢」と記されたものがあり、子供のときからその意味が分からなかったが、おそらく、余計なものが入っていない「純度百％のチョコレート」ということだろう。パッケージはいちばん地味だったが、どれにしていいか分からなかったので、それに決めた。

つい調子に乗って、あれもこれもと買いすぎてしまったかもしれない。

帰りの坂道をのぼるのがきつかった。

それまで、ほとんど意識したことがなかったけれど、坂の下には昔、川が流れていて、川があったところに遊歩道ができ、遊歩道の下には見えない川がいまも流れている。そして、そのすぐ近くに太郎さんの編集部があって、彼はそこで、毎日、新聞をつくっている。

そうしたことが、なぜか、わたしの心や体を穏やかにしていた。何か、とても安心なものがひとつ、たしかにそこにある。いつもは坂をのぼりきって、さらにアパートの階段をのぼり、最後の一段までのぼりつめて屋根裏部屋に帰る自分を、

（どうしてわたしはこんなところに住んでいるの）

と呪ったものだが、坂の下で感じた穏やかさが、屋根裏部屋に帰ってきてからもそのまま残っていた。

部屋に帰り着くなり、チェリーがトートバッグから飛び出し、

「チョコレート、チョコレート、チョコレート」

と訳の分からない即興の唄を歌い出した。

そうだよね、チョコレートって本当はおいしいものだよね――。

急に分からなくなった。わたしがチョコレートを遠ざけるようになったのが先なのか、それとも、伯母がチョコレート工場で働き始めたのが先なのか。

それまではチョコレートが好きだったような気がしてきた。ということは、あれは伯母への反発心だったのか。そう思ったら、これまでの分を取り返すかのようにチョコレートが無性に食べたくなった。地味だけれどしっかりした紙が使われた包みをひらき、さらさらと音をたてる銀紙にくるまれたものを取り出した。そっと銀紙をほどくと、中から、ほとんど黒に近い褐色のチョコレートがお目見えする。

なんだろう。何かいけないことをしているような気がしてきた。

「チョコレート、チョコレート」

歌いつづけるチェリーと競い合うように一枚のチョコレートを一気に食べ尽くした。少なくとも、伯母がチョコレート工場で働き始めてから——あれから一体、何年が経っているのか——わたしは初めてチョコレートを思う存分食べた。

「あれ?」

チェリーが声をあげたのと、わたしが鼻の下に冷たいような温かいような妙な違和感を覚えたのがほとんど同時だった。久しく経験していなかった感触で、鼻の奥から自分の知らないものが、一筋、すっとこぼれ出てきたように感じた。

思わず、親指と人差し指でおさえる。

それは驚くばかりの勢いで、わたしの指先をみるみる赤く染めていった。

屋根裏のチェリー

ストーブの前で

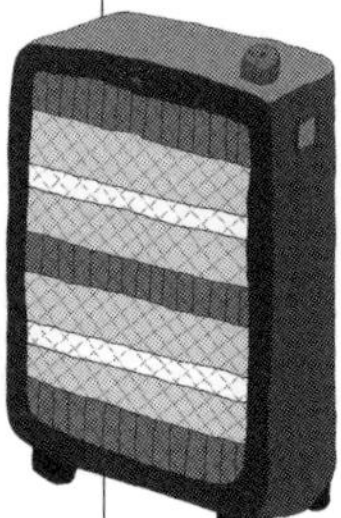

「ねぇ、そろそろ、ストーブをしまってもいいんじゃない？」

チェリーがそう言った。それとも、それは自分の胸の奥から聞こえてくる自分の声だったろうか。どっちでもいい。たぶん、どちらも同じことだ。

「いえ、ちょっと待って」

たしかに、そろそろストーブをしまってもいいけれど、気候に関係なく、わたしにはこうしてストーブの前で考えごとをする時間が必要だった。

なにしろ、つづけざまにいろいろなことが起きた。よくよく考えて頭を整理しないと、自分で自分を抱えきれなくなる。

まず最初に――なんだったろう。

そうだ。ひさしぶりにミクの夢を見たのだ。

「ねぇ、聞いて」と彼女は子供の頃のミクのまま話しかけてきた。わたしの方はいまの自分で、つまり、大人のわたしが子供のミクと話していた。それは何も不思議ではない。大人になってからのミクに会ったことがないからだ。当然、夢の中で交わされたのも、子供の頃の話のつづきで、

「いつになったら、わたしたち、ハンバーガー屋を開くの？」

そういえばそうだった。名前も決めてある。〈土曜日のハンバーガー〉だ。

「いつになったら、と言われても――」

夢の中でわたしは戸惑っていた。どうして名前まで決めていたのに、店を開くことなくやり過ごしてきたのか。分からない。どうしてだっけ。

「サユリって、そういうところあるよね」

ミクはそんなふうに大人びた言い方をする子だった。たぶん、わたしは彼女のそんなところに魅かれていた。

「サユリは、ときどき約束を守らないっていうか、いつのまにか、違うことを考えてるでしょ」

思い当たることがいくつかあった。わたしは自分自身に対する約束すら守れていないかもしれない。というより、どんな約束をしたのかも思い出せなかった。ただ、ハンバーガー屋を開こうと思い立ったとき、自分の未来は間違いなくそこにあり、そこまでまっすぐ歩いていけばいいのだと子供ながらに思っていた。他に行くところなどないと、そのときはそう信じていた。

けれども――。

そうだ、思い出した。わたしのせいじゃない。ミクが転校してしまったのだ。

「もし、ミクがずっとこの町にいたら、とっくにハンバーガー屋を開いていたんじゃないかな」

「そう？」とミクはそっけなく横を向いた。「サユリは音楽の道に進むのが運命だったんじゃないの？」

そうなんだろうか。運命ってなんだろう。すごく便利な言葉で、わたしもすぐ使いたくなる。でも、なんでもかんでも運命に押し込んでしまうのは、きっと、いいことじゃない。そこで、それまでの考えごとが途絶えてしまう。（運命なんだから仕方ない）と。

「でもね、ミク、よく聞いて。わたし結局、音楽から離れてしまったの」

少しばかり自分の声が大きくなっているのに気がついた。というか、その自分の声の大きさに驚いて目が覚めたのだ。

（夢か）

ときどき、夢で見たことが本当のことで、目が覚めてからの時間の方が覚めていない夢のように感じられる。

そうか、分かった。わたしはミクとハンバーガー屋を開く運命だったから、オーケストラをつづけられなくなったのだ。だって、〈土曜日のハンバーガー〉と名前まで決まっているのだから、わたしはその未来に向かってまっすぐ進んで行けばよかった——。

夢の中で考えたことを、起きてからも、しばらく反芻していた。でも、肝心のミクがいない。どうしてか、連絡をとらなくなっていた。

「大学生になる頃には、ここへ戻ってくるから、そのときはまた仲良くしてね」

彼女はそう言っていた。でも、とうとう連絡はなく、だから、彼女がどんな大学へ進んだのか、わたしは知らなかった。彼女の言うとおりなら、進学に際して町に戻ってきたのかもしれない。でも、会う機会がなかった。彼女には彼女の人生があり、わたしにはわたしのそれがあった。

(それでいいじゃない。それでいいのよ)

例によって、目覚めたのが昼に近い時刻で、おやつの時間になるまで——午後三時くらいまで、わたしはぼんやりとミクのことや父のこと、それに睦子伯母さんのことを考えていた。何かひとつ思い出すと別の何かが思い出される。そんなふうに思い出されることが次々とあらわれるのは歳をとった証拠だ。思い出したことに浸りたい気分と、(どうして、こんなことを思い出してしまったんだろう)と悔やむ思いが、それこそ、ハンバーガーのように折り重なっている。

おやつの時間に冷凍ピザを解凍して食べた。チョコレートはしばらく食べないことにする。まさか、鼻血が出るなんて。あれは大人たちが子供の欲望を抑え込むためにでっち上げた都市伝説の類だと思っていた。「食べてすぐ横になると牛になる」とか、「チョコレートを食べすぎると鼻血が出る」とか。でも、伝説ではなく本当に鼻血が出てしまった。子供の頃は、(きっと嘘だろう)と思いながらも、もし、牛になってしまったり鼻血が出てしまったりしたら辛いので言うとおりにしていた。それなのに、大人になって禁を解かれ、「自由!」などと謳い上げて好き勝手にしたらこの有様だ。とにかく、食べてすぐ横になるのはやめておこう。この調子だと、わたしは早々に牛になってしまう——。

外はすっかり陽が暮れていて、陽が暮れたら行くところがあった。

太郎さんに、「よかったら」と招ばれていて、件のチョコレート工場で、太郎さんいわく、「ささやかな上映会」をするという。彼の説明が少しばかりややこしく、わたしには十分に理解できなかったけれど、どうやら、〈流星新聞〉は、わたしが思っていたより歴史が長く、もとはアルフレッドさんという外国からやって来た人が始めたものらしい。

「というか、いまでも〈流星新聞〉はアルフレッドのもので、僕はあくまでお手伝いをしているだけなんです。ただ、彼が故郷に帰ってしまったので——あ、帰ってしまったけれど、いずれまた戻ってくるんじゃないかと思っていて、それまでのあいだ、彼の代役として編集長をつとめている次第で——あれ、なんの話でしたっけ?」

わたしの理解が足りないのか、太郎さんの説明がうまくないのか、そこのところは分からなかった。でも、およそのところは理解したつもりだ。

「そのアルフレッドが、昔、撮影した8ミリフィルムが発見されまして、それを、あのチョコレート工場で上映するんです。といっても、あれです、身内というか、知り合いが何人か集まって、みんなで観てみようという会ですから、どうぞ、気楽にいらしてください」

それでわたしは、「分かりました」と本当に気楽に返事をし、スーパーへ買いものに行くついでくらいの気安さでチョコレート工場に足を運んだ。上映開始は午後七時で、工場につづく路地は足もとがよく見えないくらい暗かったけれど、あのピアノの音が、わたしをガイドしてくれたのだ。たぶん、練習をしていたのだろう。

(そうか)と、わたしは理解しつつあった。彼らが汗を流してピアノを運んでいたのは、この夜の上映会のためで、たしかにあの空間はフィルムが投影されるのに適している。映像に合わせてピアノを弾くのはよくあることだ。

(なるほど、そういうことだったのね)

小さな謎がひとつ解けて、わたしは満足していた。そんな小さなことで、にんまりしてしまうくらい、わたしはそのピアノの音に魅かれていて、それはもしかすると、夢から覚めたあと、ずっと昔のことを思い出していたせいかもしれなかった。音に導かれながら路地を進むのが快く、前へ進むほどに、その日思い出された昔のことは背中の方へ遠のいていく。

そして、いくつかのことが連続して起きた。

わたしは、それを正しい順番で思い出せる自信がない。でも、順番など、どうでもよかった。それは、ほとんど同時に起きたのだし、同時に起きたことが重要だった。

前にあのピアノの音を聴いたときにも感じたが、「ラ」の音が少しフラットになっているのが気になった。工場の中に入って、すぐにピアノのそばに近づき、体で音を感じとっていたからだろう、弾いている青年が巧みに「ラ」の音を避けているのが分かった。避けることで逆に際立っている。つまり、彼も「ラ」の音がフラットになっているのに気づいており、オクターブ上や下の「ラ」を代用しながら、どうにか乗り切っていた。彼の横にはヴァイオリンを構えた男性が立っていて、彼もまた「ラ」の不調を知っているのか、ピアノが奏でるスケールに合わせている。

こうした音のずれはオーケストラに参加していたとき、しばしば——というか、常に課題となっていた。乱暴な言い方をすると、オーケストラで演奏をするということは、わずかな音のずれや揺れをほどよく調整していくことだった。そのときの感覚が、「ラ」の音の揺らぎによってよみがえり、8ミリの上映会が始まろうとしているのに、わたしだけ、そこにオーケストラの音楽が始まるかのような幻を見ていた。

幻の中でわたしはオーケストラの一員であり、指揮者が指揮棒を振り上げて団員の意識をひとつに集めていた。そんな情景が頭の中なのか、それとも本当に目の前になのか、たしかに見えている。まさか、それが8ミリの映像であったわけもなく、工場の白い壁に投影されたのは、わたしにもぼんやりと記憶がある昔の風景だった。知らないけれど、なぜか懐かしいと思える人や店や景色が次々と映し出されていく。

太郎さんはまわりの人たちと顔を見合わせながら、投影された映像のひとつひとつに感じ入っているようだった。わたしには分からないが、太郎さんにとっては特別な映像だったのかもしれない。

ピアノ弾きの彼は耳がいいだけではなく、別の特殊な能力も持っているようだった。まったく音の入っていないサイレントフィルムを鍵盤から顔を上げて確かめ、たとえば、カメラに向かって話している人が映し出されたりすると、その唇の動きを読みとって、彼や彼女がなんと言っているのか、すぐに言葉に置き換えた。ピアノを弾きながらだ。そのおかげで、フィルムの中の言葉を失った人たちが、「こんにちは」「やぁ、元気ですか」「私を撮らないで」といった声を取り戻していた。

中でも一人の少年が映し出されたとき、その場の空気が変わって、太郎さんをはじめ何人かの人たちがあきらかに息を呑《の》むのが分かった。その少年は――いまはもう少年ではなく大人になっているだろうけれど――この上映会には来ていないようで、さて、その少年がなんと言っているのか、ピアノ弾きの彼が唇を読みとった。

「いつか必ず鯨は帰ってきます」

鯨？　少年の言う「鯨」が、どの鯨を指しているのか分からない。

わたしはすぐに長谷川さんの言葉を思い出した。鯨は「二度やって来た」と。「一度目は二百年前。二度目はおよそ二十年前」。では、少年の言う「鯨」はどちらなのか。

いえ、ちょっと待って。8ミリが撮影されたのは、その風景の様子からして、およそ二十年近く前だろう。太郎さんの——よく分からない——電話での説明でも、そんなことを言っていた。

ただ、二十年前にはもうビデオがあったのに、わざわざ8ミリフィルムで撮影したのは、「変わり者のアルフレッドならではです」と注釈が付いた。たしかに注釈がないと、それが一体、いつ撮影されたのか混乱してくる。

太郎さんの注釈が正しいなら、この映像は二十年くらい前のものということになり、わたしのうっすらとした記憶とも符合するから、たぶん、それで間違いない。となると、すでに二度目の鯨があらわれたあとなのだろう。

太郎さんは少年の言葉に動揺しているようで、となると、もっと奇妙なことが起きている可能性があった。つまり、少年のそのセリフが予言になっているのだとしたら――。

もし、二度目のあとであるなら、少年は三度目を予言していたことになる。そのあと川は暗渠になってしまったのだから、三度目はないと思われていたのに、ここへ来て――たとえ、それが骨だけであったとしても――たしかに鯨は帰ってきた。

わたしは工場の隅に積み上げられた段ボール箱を眺めた。

ここに、こうして帰ってくると、少年は予言していたのか。

分からない。でも、この分からなさ――どの鯨のことを指しているのか分からないということが、わたしにまた別の感興をもたらした。

つまり、わたしにしてみれば、「鯨」といえば、オーケストラの団長のことで、その団長が姿をくらまして行方不明になってしまったのだから、「いつか必ず鯨は帰ってきます」というセリフは、団長が――オーケストラの指揮者がいつか戻ってくるという意味にひるがえる。

雷に打たれた、とは言わないまでも、その言葉に打たれたのは確かで、わたしはなんだか嬉しくなって顔がほころんでしまった。皆、昔の映像に感傷的になり、太郎さんなどはどちらかと言うと悲しげな顔をしていたけれど、わたしは――たぶん、わたしだけだ――さらに、もうひとつ謎が解けたような清々《すがすが》しさを味わっていた。

どうして、いまになってオーケストラの練習所にふさわしいところが見つかったのか。

その謎の答えがこれなのだ。

すなわち、「団長が帰ってくるから」である。

もう、これだけで、お腹いっぱい、胸いっぱいだったが、これだけではなく、じつのところ、そのあとに起きたことが、わたしにはいちばん大きな出来事だったかもしれない。

8ミリの上映が始まってどのくらい経った頃か、誰かが工場のドアを少しだけあけて外からこちらを覗いていた。わたしがそれに気づいたのは、子供の頃のわたしが同じようにドアの隙間から覗いた経験があったからだ。それでなんとなくドアのあたりが気になっていた。覗いていた自分が覗かれる立場になっている。そんなはずはないのだけれど、子供のときのわたしがドアの向こうに立ち、誰にも気づかれないよう、少しだけドアをあけて中を覗こうとしている——。

最初はそうした妄想が、「わずかにドアをあけて中を覗いている誰か」を呼び寄せたのだと思った。でも、そのひとは——女性だった——ドアの隙間から音もなくするりと中に入ってきて、それはもちろん、子供の頃のわたしではない。わたしではない誰かが入ってきて、少しすると、太郎さんがそのひとに気づいて話しかけた。だから、そのひとは上映会に招かれたのであろうし、太郎さんとそのひとが話している距離の近さから、きわめて親しい間柄と思われた。

上映会が終わったあと——もう帰りぎわという頃になって、太郎さんが、そのひとを紹介してくれた。

「彼女はミユキさんといって、僕の子供の頃からの友人です」

「いえ、正しくはひとつ先輩です」

そのひと――ミユキさんがわたしの方を見て、そう訂正した。

「こちらは、岡小百合さんといって、ええと――このあたりにお住まいなんですよね？　歯科衛生士のお仕事をされていて、少し前までオーケストラでオーボエを担当していた。ですよね？」

「オーボエ」

めずらしい言葉を発音するかのようにミユキさんはそう言って、わたしの顔をまじまじと見た。わたしはただただ恥ずかしくて切なかった。オーケストラはすでに存在していないのだから、もうオーボエ奏者とは言えない。ましてや、歯科衛生士となると完全な出まかせだ。

じゃあ、わたしは何なのか。

「そこの坂をのぼったところにあるアパートに子供の頃から住んでいます」

かろうじてそう言うと、

「ということは、わたしたちと学区が違いますね」

ミユキさんがすぐに反応した。

「年齢はそんなに変わらないでしょう？　もし、ガケ下に住んでいたら、ちょうど同じ頃に同じ学校に通っていたはずだから」

「ええ、でも」と、わたしは言わずにはおれなかった。「ガケ下にはよく来ていました。いまもスーパーにはよく行くし、ちょっと前までは、〈あおい橋〉の近くの食堂に通っていました」

「え？」「え？」とほとんど同時に太郎さんとミユキさんが声をあげていた。

「食堂って、もしかして、定食屋〈あおい〉？」

太郎さんの目がこれ以上ないというくらい見開かれていた。

「ええ。わたし、あの食堂が大好きで。ご飯もおいしかったけれど、食堂の大将が好きで――」

「ちょっと待って」

ミユキさんがわたしの話に割り込んできた。

「あのね、その大将って、わたしの父親なんだけど」

「え？」今度はわたしの声が大きくなる番だった。「本当ですか」

「そう。わたし、あの食堂の娘なの。いまね、父のあとを継いで、もういちど新しく食堂を開こうとしているんだけど」

「本当ですか」

なんとかのひとつ覚えみたいに、わたしは「本当ですか」を繰り返した。ただでさえ胸がいっぱいだったのに、最早《もはや》、胸がはちきれそうになった。

いや、本当はそうじゃない。胸ははちきれそうになったのではなく、一体どうなってしまったのかというほど激しくときめいていたのだ。ミユキさんその人に――その存在にだ。

「そういうことよね？」

わたしはストーブの前でわたしに訊いてみた。

「へぇ、そうなんだ」とチェリーがいつのまにか、わたしの隣で腕を組んでいる。「それって、つまり、どういうこと？」

「どことなく、マリさんに似ていたの」

できれば、もういちど明るいところでミユキさんに会いたかった。なにせ夜だったし、上映中は真っ暗だったし、工場の中は照明をつけても妙に薄暗かった。

「あ、そういえば」とチェリーが急に声を弾ませた。「いつだったか、食堂の中に誰かいたじゃない？」

そのときの光景がテレビのスイッチをひねったように頭の中にあらわれた。食堂の中にわずかな光の気配があり、あれはおそらく携帯の光ではないかと思われた。光は誰かの手の中にあるのか、誰かと共に動きまわり、ついに人影が暖簾に浮かび上がったが大将ではなかった。

「あれって、そのひとだったんだね」

きっとそうだ。そのときのシルエットに比べると髪が短くなったようだったが、たたずまいはそっくり同じで、何よりあのとき感じた言いようのない「予感」のようなもの――まるで注射を打たれたような感触が、ミユキさんと対面したときに、ちくりと疼《うず》いた。

「ふうん」

チェリーが納得したような納得しかねるような声を出した。

「マリさんに似ているということは、そのミユキさんというひとに憧れのようなものを感じたってこと？」

「たぶん、そうだと思う」

「じゃあ、話は単純じゃない？　サユリはミユキさんに魅かれた。それだけのこと。だから、ストーブの前で考えるべきことは、もうないでしょ」

「ううん」と、わたしは急いで首を振った。「それだけじゃないから」

順番が分からなくなってしまったので、わたしがその言葉をどの時点で口にしたのか覚えていない。ピアノ弾きの彼の即興演奏と、それにしっかり寄り添って弾きつづけたヴァイオリン奏者の彼――彼らの演奏に感嘆したときだったろうか。それとも、ピアノ弾きの青年が、「いつか必ず鯨は帰ってきます」と少年の唇を読んだときだったか。もしくは、目の前のミユキさんの存在に胸の内がざわついたときだったか。

どの時点であったか分からなくなってしまったが、感情と言葉がひとつになってせり上がってきて、「太郎さん」と、その背中に声をかけていた。

「あの、わたし――」

「はい？」と太郎さんが振り向く前に、

「わたし、オーケストラのメンバーに声をかけてみようと思います」

そう口にしていた。自分でもびっくりするくらい、はっきりした声で。

「わたしたちがまたオーケストラを始めたら、いなくなった鯨が音楽に誘われて帰ってくるかもしれません」

本当にそう思ったのだ。はたして、わたしたちがまたオーケストラを始められるかどうかは分からない。分からないけれど、どうしてもそれを太郎さんに言っておきたかった。

「ふうん」とチェリーは、まだすっきりしないようで、「でもさ」と、わたしの隣から離れ、

「なんだか分からないけど、歌いたい気分」

そう言ってカーテンをひらき、ロックを解除して南側の窓をあけた。

わずかに湿り気を孕んだ風が吹き込んでくる。

「すっ」とチェリーが息を吸うブレスの音につづき、どこか陽気に、どこか悲しげに、いつもの「チム・チム・チェリー」を歌い始めた。

屋根裏のチェリー

ノック

いくつもの扉を開ける必要があった。

少なくとも、ノックする必要がある。

できれば、扉の中にいる人と顔を合わせ、わたしの思いを相手に伝える必要があった。

でも、そんなことが、わたしにできるだろうか。

わたしは人見知りだ。まわりの人たちはそう思っていないかもしれないけれど、よく考えてみれば、人見知りというのは、自分にしか分からない。

人と交流を持つことに積極的になれないのを人見知りと呼ぶなら、まず間違いなく自分はそうだ。でなければ、こうしていつまでも屋根裏部屋にとじこもっていない。そう思うと、オーケストラに参加していた自分は自分ではないような気がしてくる。あのときは自分の足でそこへ行き、自分で扉をノックして、仲間に入れてくださいと名乗り出た。

「そうだっけ?」

チェリーがあくびをしながら言った。

「いいのよ、多少の脚色は」

「だって、サユリは憧れのマリさんのあとをつけて、たまたま辿り着いたのがオーケストラの練習所だったたって自分で言ってたじゃない。ドアの隙間から中を覗いていたら、たまたま団長さんに見つかって、そのまま、なし崩し的に楽団に参加したんでしょう？」

「じゃあ、やっぱり、わたしは人見知りなのよ」

ふてくされてそう言うと、

「でも、マリさんの背中を追いかけたんだよね」

チェリーが声のトーンを落とした。

「そのときと同じ思いが、いま、サユリの中に沸き起こってる。そうじゃない？」

「そうなのかな」

「問題はね、そんなふうに誰かの扉をノックしたいという思いが、ひとつじゃなくて、いっぺんにいくつも沸き起こってきたってことでしょ」

そのとおり。もし、ひとつだけだったら、すぐにでも立ち上がって、その扉へ向かって歩き始めていたかもしれない。でも、扉はいくつもあるのだ。

一

まずは、オーケストラのメンバーに連絡をすること。

といっても、全員の連絡先を知っているわけではないので、玲子さんに手伝ってもらうしかない。というか、わたしの歯の治療がまだ終わっていないので、これは、おのずとそうなる。次回の治療――それはもう三日後にせまっていた――の際、彼女にこう告げよう。

「もういちど、〈鯨オーケストラ〉をやってみませんか」

いや、そんな言い方では唐突だ。もっと丁寧に、

「じつは、オーケストラの練習ができる、ちょうどいい場所が確保できたのです。ついては楽団を再結成しませんか」

そう言うべきかもしれない。

ああしかし、こうして、いざ扉をあけて、その人にどんなふうに話をするかとシミュレーションしていると、わたしがいかに他人に頼りきっているか、よく分かる。「再結成しませんか」という言い方には、なかば相手に託している感じがある。もっときっぱり、「再結成しましょう」「再結成します」と自分の思いを、しっかりぶつけた方がいい。その覚悟が自分には足りない。

そんな大それたことを、一番あとにオーケストラに参加した者が提案するべきなのか――。

二

長谷川さんを訪ねて、その扉をノックし、あらためて鯨の話をしてみたい。もちろん、長谷川さんにもオーケストラに戻っていただくことはできないかと打診する。

でも、わたしがまず訊きたいのは、長谷川さんのルーツに関わること――それはオーケストラの名前にも大いに関わっている二百年前の鯨の話だ。その鯨の骨が発見されたのを、どう思われているのか。

わたしは町の皆さんがこぞって参加したという発掘作業に参加していないし、すでに掘り出されたあとの骨が段ボール箱に収まってチョコレート工場に積み上げられていたのを目にしただけだ。だから、発掘に長谷川さんが参加したかどうか、それも知らない。ただ、二百年前の埋葬を取り仕切ったのが長谷川さんの曾祖父であったのだから、なんらかの関わりを持ったのではないかと想像される。

とはいえ、長谷川さんは世の中から距離をとって暮らしているように見えた。オーケストラを退団したのも、舞台の上に立つのではなく町の片隅でひっそり静かに暮らすことを選んだからだろう。どうして、そのような境地に至ったのかは分からないが、きっと、何か理由がある。本当を言えば、そんなことも訊いてみたいが、畏《おそ》れ多くて、わたしにはとてもできない。

三

ミユキさんと、もっと話がしたい。

そうだ。こうして頭の中にいくつかの扉を並べ、どの扉をノックしたいかと考えてみれば、最も気持ちが昂まるのはミユキさんの扉をノックすることだ。いま、はっきり分かった。

「それはそうじゃないの？」

チェリーが苦笑した。

「だって、ミユキさんはマリさんに似ていたんでしょう？　ひとめぼれ？　っていうのが言いすぎだとしたら、ひとめ憧れ、とでも言えばいいのかな」

それもまた、そのとおり。「ひとめ憧れ」なんて言葉はないけれど、現象としてはあり得るし、自分の気持ちはたしかにそのとおりで、だから、言葉なんてどうでもいい。言葉がないのなら、いまここでつくればいい。


コツコツ――とドアをノックする音がした。

昔、観た映画のように。

頭の中の妄想には、いくつもの扉をノックする自分がいたが、いまの世の中、実際にドアをノックすることなどほとんどない。ドアをノックされることもまずなかった。

と言いたいところなのだけれど、もし、呼び鈴が壊れてしまい、面倒なので、直すことなく、そのままほったらかしにしていたとしたら――。

ドアをノックするしかない。

ただ、わたしの部屋のドアをノックする人などいないはずで、少なくとも、呼び鈴が壊れてから一度も訪問者はなかった。

（はい）と胸の中ではそう応えたが、声には出さず、警戒しながらドアスコープを覗いてみた。男の人の顔がすぐそこにある。アパートの二階に住んでいる高田《たかだ》さんだった。

「はい」と今度は声に出して応えた。ドアをあけると、高田さんが、「あの」とまっすぐに立っている。

「じつはですね、このたび、実家に戻って家業を継ぐことになったんです。それで、お部屋をお借りするのは、今月いっぱいまでということで。お世話になりました」

「そうですか」

他になんと言ったらいいのだろう。胸の中では、（ええっ？）（それは困ります）（だって、六部屋のうち三部屋しか埋まっていないんですよ）（高田さんが出て行ったら、家賃をいただけるのは二部屋だけになってしまいます）（それでは、わたしが生活していけません）と困惑したものの、

「ご実家は、どんなお仕事をされているんですか」

胸の中の言葉をすべて消去して、あたりさわりのないことを訊いたつもりだった。

「お菓子をつくっています。小さな工場ですけど」

「え、お菓子というと――」

「クッキーとか、チョコレートとか」

「チョコレート――」

「駄菓子です。父が亡くなって、兄一人では工場をつづけられなくなってきたので」

「そうでしたか」

聞けば聞くほど、なんだか他人事《ひとごと》ではなくなってきた。

どうも、人生というのは先へ進むほど、他人事が他人事ではなくなっていく。それはきっといいことなのだろう。「丸くなる」というのは、そういうことで、他人の痛みが自分の痛みに重なり、自分の痛みを理解してくれる他人があらわれたりする。

しかし、事態としてはなかなかのピンチで、ピンチなのだけれど、どう打開していいか分からなかった。まさか、町なかへ出て行って、「いい部屋ありますよ」と太鼓を叩きながら宣伝するわけにもいかない。アパートの大家は、「部屋」という商品を貸し出すことで収入を得るしかなく、その商品を宣伝する術がきわめて限られていた。自分一人ではどうしようもない。もどかし

い。もどかしくて逃げ出したくなる。

「そんな簡単なことじゃないと思うけどね」

チェリーがまた知ったようなことを言った。

「高田さんだって、すごく悩んだんじゃない？　東京に出てきたのは、何かやりたいことがあったからでしょう」

その言葉に頷いていると、

「サユリはどうなの？　本当は何をやりたかったの？　オーボエ奏者？」

それは難しい問題だ。どうして難しいのかも分かっている。仮にやりたいことがあって、めでたく夢が叶ったとしても、それで生活していくための充分なお金がいただけるとは限らない。オーケストラに参加している人たちの多くがそうだった。皆、それぞれの楽器の奏者として——つまり音楽家として身を立てることができたらと願っていたが、ほんのひと握りを除いて、その願いは叶わなかった。皆、生活をしていくための仕事を別に持っていた。

「マリさんは、どう答えただろうね」

チェリーは窓の外を見ていた。

「マリさんは、もちろん——」

もちろん、チェロ奏者になりたかったんじゃない？　そして、その夢を叶えた。

「それは分からないよ。お父さんがチェロ奏者だったんでしょう？　それってつまりサユリがお父さんからアパートを引き継いだのと同じじゃない？　やりたいとかやりたくないとかに関係なくね。だとしたら、もしかしてマリさんだって子供の頃の夢は別にあったかもしれないよ」

思いもよらなかった。でも、たしかに、わたしもマリさんも父親と同じ仕事をしている。そんな共通点があるなんて知らなかった。

「それだけじゃなくてさ」

チェリーはまだ窓の外を見ている。

「そのミユキさんていうひと。そのひとも父親の食堂を引き継いで自分のお店をひらこうとしているんでしょう？」

わたしもチェリーの真似をして窓の外を見た。窓の外には空が見え、すぐそこの、その空の下にミユキさんが引き継ごうとしている定食屋〈あおい〉がある。

わたしは立ち上がった。

何も思い悩むことなどない。いつだってそうだ。本当はどこから始めたらいいのか分かっている。でも、これまでのところの自分の人生は決してうまくいっているとは言えなかった。だから、どうしたって慎重になる。思いなおして踏みとどまる。他にすべきことはないのか。いま目の前にあることだけではなく他に歩む道はないのか。ましてや、叩くべき扉がいくつもあるのなら、いの一番に叩く扉はやはりこれであろうと分かっていても、その他のドアについて、ひととおり考える。そうするべきだ。

でも、やはり答えは決まっていた。

アパートを出て坂をおりた。坂をおりれば、昔そこは川だった。水の流れる音がした。いまは聞こえない。でも、川がそこにあったことは知っているから、いつでも川はよみがえる。音も聞こえてくる。すべて、わたし次第だ。たとえ物理的に消えてしまっても、わたしがそれを見て感じて経験したのなら、いつだって、わたしの中にそれはある。そして、いつだってそれを呼び戻せる。これはもしかして人間という動物がなし得るいちばん大事なことかもしれない。人の心は物理的な物ごとだけではなく、むしろ、目に見えない思いや記憶によって動かされる。なにしろ、「心」なるものが目に見えないのだから。

川には橋がかかっていて、その名は〈あおい橋〉。

橋を渡ったすぐそこに定食屋〈あおい〉はあった。いまもある。記憶の中だけではなく、物理的にいまもそこにある。ただ、暖簾が風にはためかず、中にしまわれて戸が閉じられていた。

でも、あかりがともされている。

わたしは扉をノックした。

実際はガラスの引き戸を、控え目にコツコツと叩いたのだけれど。

「はい」と声が返ってきた。

きっと、ミユキさんの声だ。

わたしは身構えた。急に逃げ出したくなった。おかしな話だ。屋根裏部屋から逃げ出したくなってここへ来たのに、いざとなったら、ここから逃げ出したくなった。

「あ」とすぐに中から声が聞こえ、ガラス戸の向こうにミユキさんの姿があった。わたしのことを覚えていたのか。わたしの顔を見て、かすかに笑っている。やはりマリさんに似ていた。笑っているのに、どことなく憂いがまぶされている。

「サユリさん？」

戸が開く音と、わたしの名を呼んだミユキさんの声が重なった。名前まで覚えていた。

「サユリさんだったよね？」

「ええ、はい」

「ああ、よかった」

ミユキさんはこれまでずっとそうしてきたかのように、わたしを店の中に招き入れ、

「会いたかったの」

それもまたごく当たり前のように言った。わたしはどう応えていいか分からない。わたしもです、わたしも会いたかったんです、と素直に応えるべきか。

でも、口が乾いてうまく動かなかった。口どころか手も足も動かず、直立不動になったまま、わたしはかつての食堂の中に立っていた。中はわたしが通っていた頃と大きく変わっていない。テレビもそのままの位置にあり、テーブルも椅子も同じように並んでいた。ただ、そこに食べものの匂いと、食事をする人とつくる人が欠けている。壁にいくつも貼り紙がしてあったように思うが、それらも取りのぞかれていた。

「あの」――わたしはかろうじて声を出すことができた。「どうして、わたしに会いたかったんでしょうか」

「それは、よく分からないんだけど、どうしてか分からない方がもっと会いたくならない？」

ええと――ミユキさんの言葉を反芻し、その意味を考える間もなく、

「わたしはね、簡単に言葉に置き換えられるようなことは、もう信じられないの」

とミユキさんはつづけた。

「なぜとか、どうしてとか、そんなことばかり考えているうちに、ものすごく時間が経っちゃったから。わたし、考えるのが好きだからね。でも、考えるだけで物ごとは何も進まなかった。それでは本末転倒だと思うのよ」

わたしはミユキさんの言葉をひとつひとつ磨いてポケットにしまっておきたかった。

「だからもう、じっくり考えたりとかそういうのはいいの。あ、この人と話をしたい。また会い

たい。それ以上のことはないの。考えないようにしているの。だから、理由はないんだけど、わたしはもういちどサユリさんに会って食堂の話がしたかったの」

「わたしもです」

自然と声が出た。それこそ考える間もなく、いったいどこから出てきたのだろうというくらい、自分の声が自分の中からするりと出てきた。

「そこに座って」

ミユキさんが、「そこ」と指差したのは、自分が腰をおろした向かいの席――わたしがいつも座っていたテレビの見える席だった。

「よく、この席でササミカツ定食を食べていました。できあがるまで、ここでテレビを観ながら、大将のことも見ていました。泣きながらキャベツを切るんですよ、大将」

「え？　玉ねぎじゃなくて？」

ミユキさんはどうやら自分の父親がどんなふうに料理をしていたのか知らないようだった。

「そうです。玉ねぎじゃなくて、キャベツを切りながら泣くんです」

「何それ、変な人」

「いえ」とわたしは首を振った。「変なのは大将じゃなくて世の中の方なんです。世の中の変なことがテレビに映されて、大将はそれが信じられないんです。あまりに世の中が変なことばかりなので、『おい、そうじゃないだろ。本当は違うんだろ?』って、ぶつぶつ言いながらキャベツを切って泣くんです」

「それ、やっぱり変でしょう」

「まぁ、そうなんですけど」

わたしとミユキさんはユニゾンで笑い合った。鏡の中の自分が笑うのを見て、ああ、わたし笑っているんだと気づくそんな幻想を一瞬、垣間見た。それくらい、わたしとミユキさんはそっくり同じように笑い合った。

「あのね」とミユキさんは笑いながら言った。「わたし、いつもこんなに笑ったりしないんだけど、ましてや、父親の話で笑うなんて自分でも信じられない」

「わたしもです。わたしも、このあいだ笑ったのはいつだったかなと思い出せないくらいで」

「サユリさんは、ひとり暮らし?」

「そうです。家族もいないので、もうずっと長いこと」

「そうなんだ」

ミユキさんは笑顔の中にまぶされた憂いを前面に持ってきた。

「で、お仕事は歯科衛生士をされているんでしたっけ」

「いいえ」と考える間もなく声が出ていた。「あれは嘘なんです。仕事をしていないのが恥ずかしくて、つい口からでまかせを」

「じゃあ、どうやって暮らしているの？　そうか、ご家族がいないということは、もしかして、一生遊んで暮らしていける遺産があるとか」

「いいえ、そうじゃないんですが、父がアパートをひとつ遺してくれたので、一応、それを経営しています。でも、とんでもないおんぼろアパートなので、次々と住人が出て行って——さて、どうしたものかなと」

「あっ」

急にミユキさんの声が大きくなった。

「じゃあ、一緒にお店をやらない？」

「え？」

「そうか、そういうことなのね。いま、分かった。全部、分かった。どうして、サユリさんに会いたくなったのか。わけもなくね。そうか、そういうことなのか」

「え、ちょっと待ってください。そういうことって、どういうことなんですか」

「こういうことだったのよ」

ミユキさんは食堂のガラス戸ごしに外の様子を眺めていた。まるで、そこに何かが見えているかのように。

「こういう未来が待っていたのよ。もしかして、サユリさんも、そんな未来を予感していなかった？」

「未来ですか――」

「そう。誰かと一緒にお店を開く未来」

屋根裏のチェリー

偽札と調律

「ついに決まったの」とチェリーが弾けるような声をあげた。

「決まった？」

「そう。わたしのバンドの名前。なかなか決まらなかったんだけど、ようやくね」

「へぇ」と、わたしは興味があるような、ないような、どちらでもない返事をした。

「あのね」とチェリーはもったいぶる。「あのね」と、もういちど繰り返し、それから、

「チョコレート・ガールズっていうの」

と自慢気な顔で腰に手を当てた。

「ふうん」

やはり興味があるのかないのか分からないような返事をし、少し間を置いて、「チョコレート」と、その六文字に傍点を打つように強調して言った。

「そうなの。チョコレート。いいでしょ」

チェリーは上機嫌だ。

「このあいだ、ひさしぶりにチョコレートを食べて、なんて、素晴らしいお菓子って感激したの。そのうえ、サユリが鼻血を出しちゃうなんて、血を出してでも食べたいってことでしょ」

それはどうか分からないけれど、血を流してしまった者としては、何も反論できない。

「わたしね」

急にチェリーは真顔になった。

「なんか、急に人生ってものが分かっちゃったみたいなの。チョコレートを食べてね。つまりさ、人生は甘くて苦いってこと。チョコレートのようにね」

「なに、それ」

そこのところは、しっかり茶々を入れておいた。どこかで聞いたような台詞《せりふ》だったからだ。でも、チェリーにとっては新鮮な発見であるらしい。

「そういう唄を歌いたいって思うの」

「そういう唄?」

「だからさ、甘くて苦い、そういう唄」

「ふうん」

わたしは、それ以上の言葉が出てこなかった。

「サユリはどうなの。サユリだってオーケストラをもういちど始めるんでしょう？」

さぁ、それなのよ。

いまはそれを訊いてほしくなかったの。訊いてほしくないから、「へぇ」とか「ふうん」などと、のらりくらり、かわしていたんだけど――。


夢を見たのだ。

このところ、なんだかおかしな夢ばかり見ている。しかも、繰り返し同じ夢を見る。

コンビニで買い物をして、レジに並び、いざ自分の順番がまわってきてお金を払おうとする。財布を手にし、中から何枚かのお札を取り出して店員に渡した瞬間、

（あ、このお札、偽札だ）

と察知する。感触が本物とまるで違う。刷色や細かい模様もいちいち違っている。こんな誰にでも分かるような偽札で支払って、もしかしたら、それだけで犯罪になってしまうのではないか。

全身から血の気が引いた。

困ったな、どうしよう。正直に、「ええ、それは偽札なんです」と自白すべきか。「いや、それは、わたしがつくったものではないんです」と弁明もしなくては。というか、こういう場合、ど

うするべきなんだろう——などと迷っているうちに目が覚めた。

どういう経緯からか、車に乗っていて、車に乗っていること自体、部屋にとじこもっているわたしとしてはめずらしいのだけれど、ふと、気づくと、その車を運転しているのは自分なのだった。わたしは車の運転などしたことがない。もちろん免許も持っていない。にもかかわらず、どういうわけか、自分は車が運転できると思い込んでいる。それも、なかなかの腕前であると自負している。したがって、無免許で乗っていることさえバレなければ、巧みなハンドルさばきも披露できると信じている。

ところが、実際には、いちいちきわどい運転になり、ついには、ブレーキの踏み方が分からなくなって、「ああ、どうしたらいいの」と声をあげたところで目が覚めた。

気づくと、あきらかに舞台袖《ぶたいそで》と思われるところにいて、これから、お芝居が始まろうとしている。わたしは役者であり、衣装を身にまとってメイクも済ませて舞台袖で待機している。けれども、胸の高鳴りがやまない。それは舞台に臨んで興奮しているからではなく、じきに自分の出番がまわってくるというのに、台詞がいっさい頭に入っていないからだ。どんな役を演じるのかは分かっている。台本を渡されて、台詞を覚えようとした記憶もある。なのに、ひとつも覚えていない。まるで、頭に入っていない。

　こういう場合、まったくの出鱈目《でたらめ》で即興の台詞を吐くか、それとも、このまま台本を手にして舞台に立ち、何食わぬ顔で台本を読み上げるか、その二つしか道はない。さぁ、どうする？　いよいよ、私の出番が迫ってきた。「さぁ」というところで目が覚めた。


　以上、三つの夢を繰り返し見た。

　夢の中で、（ああ、まただ）と嘆き、どうして、わたしの手もとにはたびたび偽札がまわってきてしまうのかと訝《いぶか》しみ、どうして、わたしは免許証を持っていないのに車を運転する羽目になってしまうのかと怯《おび》え、どうしてあんなに後悔したのに台詞をひとつも覚えようとしないのか、自分で自分が分からなくなっていく。

　いや、そうじゃない。分かっているのだ。なぜ、そんな夢を見てしまうのか。

　それは、ひとえに、わたしが自分をインチキな人間だと思っているからだ。正しいお札を持たず、正しい免許もなく、正しい台詞をひとつも覚えていない。それなのに、わたしは華々しい舞台に立たされている。

（これでいいのか）

　それは、わたしがオーケストラで過ごした日々において何度も反芻された自問だった。わたしは正式な試験を受けてオーケストラに参加したわけではない。たまたま、練習所の扉の隙間から中を覗いていたら、団長に声をかけられて、そのまま団員になっていた。

だから、わたしのような者が皆に声をかけて、

「もういちど、オーケストラをやりましょう」

などと声をあげるのは出すぎた真似ではないのか。

チェリーの言うとおり、人生はチョコレートのように甘くて苦い。一見、楽しそうに見えることにも、かならず苦い側面がある。楽しいことと苦しいことは、いつでも背中合わせなのだ。

そんなことは分かっている。

それは一枚のカードの表と裏で、どこからか風が吹いてカードがひるがえれば、あっけなく甘さと苦さは逆転する。

わたしはいま、あたらしい一枚のカードを手にし、どちらが表で、どちらが裏なのかはともかく、「甘い」の面にはミユキさんの食堂のお手伝いをするという、思ってもみなかった計画が展開しそうになっていた。

が、その裏面では、二階の高田さんが出て行ってしまうことで、アパートの経営があきらかに苦境に立たされているのが露呈していた。

さて、どうすればいいのか。

こういうとき、商売をしている人なら、迷うことなく広告を出して宣伝するだろう。

「空き部屋あります」

とシンプルな広告でいい。ただ、そうした告知をどこへ載せればいいのか。

ふいに、「告知」という言葉がクローズアップされ、(そういえば) とデンタルクリニックで目にした、あの貼り紙が思い出された。

(そういえば)――あの末尾には、「羽深太郎」の署名があった。

*

それが初めての訪問と言ってよいものかどうか、なんとも言えなかったが、太郎さんはわたしが何度か編集室のすぐそばまで来ていたことを知らないのだから、

「ようこそ、いらっしゃい」

と初めてのように迎え入れてくれた。ただ、どことなく気まずそうな顔をしていたのは、どうやら編集室の片づけが済んでいなかったからで、

「たまたま、荷物を運び込んじゃったところなんです」

太郎さんはわたしに聞こえているのに、「いや、まいったなぁ」「こんなことなら、昨日、片づけておくべきだった」と、ずいぶん大きな独り言をつぶやいた。

「いつもは、もっとすっきりしているんです」

部屋の真ん中にある大きなテーブルにわたしを誘い、太郎さんはその向かいに座って、「いや、まいったなぁ」と繰り返した。

「ピアノがあったんですよ、この部屋に」

（ええ、知ってます）とわたしは胸の中で唱える。

「ほら、このあいだの――あの工場の、あそこにピアノがあったでしょう？　あのピアノって、もとはここにあったんです。でも、あっちへ運び込むことになって、それで、この部屋に余裕ができたんです。で、つい自分の部屋から、あれこれ持って来ちゃったんですが」

太郎さんはわたしが何も訊いていないのに、言い訳がましい話がとまらなかった。

「ええと、僕はつまりここで仕事をしているわけです。ご存知だと思いますけど、町のローカル新聞をつくっています。だけど、一応けじめをつけようと思いましてね、寝泊まりはしないようにしていたんです。ことは別に部屋を借りて、そっちへ帰るようにしていたんです。それが、このごろ面倒になってきましてね。というのも、仕事がなんだか忙しくなってきて、いちいち部屋に帰る時間がもったいないので、それでまぁ、ここへ生活の場も移してしまおうかと」

「そうだったんですね」

「ええ、そういうことなんです。本当はもっとすっきりしていたんです。だけど、いろいろ持ち込んでしまったので」

「わたしの部屋も同じようなものです」

事実なので、ありのままそう言うと、

「そういえば、アパートを管理していらっしゃると、ミユキさんから聞きました」

太郎さんは席を立ち、部屋の奥へ消えたかと思うと、コップに氷水を入れたのを手にして戻ってきた。コツンとわたしの前に置き、

「すみません、コーヒーにしますか、お茶にしますかとお訊きしようと思ったんですが、あいにく、水しかありません」

そう言って、また、「まいったなぁ」とつぶやいた。

「いえ、おかまいなく」

もう少しで笑いそうになった。

「で、それはどんなアパートなんです？」と興味深そうな太郎さんの口調に、

「とんでもない、おんぼろアパートです」と隠さず答えると、

「もしかして」——太郎さんは急に視線を外し、天井のあたりを眺めながら、「もしかして、坂

の上のあの古いアパートですか」

「ええ。あの辺で古いアパートはうちだけですから、たぶん、太郎さんが思い浮かべているアパートと同じだと思います」

「そうでしたか。なるほど、あのアパートですか」

(あれはたしかにおんぼろですね)と太郎さんは心の中でつぶやいたに違いない。というか、その表情からして、そう言ったも同然だった。

「そういうわけなので、お部屋は六つあるんですが、そのうち三つが空き部屋のままだったんです。そこへまた、ついこないだ、さらにもうひと部屋、空きができてしまって」

「それはそれは――」

太郎さんはわたしの説明にどう応えていいものか困惑しているようだった。

「それで、あの――」

広告の件を切り出そうとしたところ、

「なるほど、それで歯科衛生士のお仕事もされているんですね」

納得したような顔で太郎さんは頷いている。

「いえ、あれは嘘なんです」

勢いに任せて、ここぞとばかりにわたしは告白してしまった。

「え？」

「すみません、いい大人が働きもしないで、遊んで暮らしているみたいに思われてしまうかなと――それで、つい嘘をついてしまったんです」

「そうですか――となると」

「そうなんです、なんとか家賃収入を増やさないことには、オーケストラを再開するどころではなくなって――それで、太郎さんにお願いがあって来たんです」

「はい。なんでしょう。僕はどんなお手伝いをすればいいんですか」

きっと太郎さんはこういった台詞を、日々、何人もの人たちに繰り返し伝えてきたのだろう。こんなあたたかい言葉を、あたりまえのように、さらりと言ってのける。

「ええとですね」と、わたしはお言葉に甘えた。「空き部屋あります、という広告を、太郎さんの新聞に載せていただくことはできないでしょうか」

「ああ、なるほど。そんなのお安い御用ですよ」

そのときだった。突然、編集室のドアがひらき、風に乗って勢いよく入ってきたかのようなその人が、入ってくるなり、「あれっ」と大きな声をあげた。

「あっ」と、わたしも反射的に声が出て、その人――ミユキさんだった――と顔を見合わせて、つい笑い出してしまった。といって、何がおかしいのか自分にも分からないのだけれど、当然ながら、太郎さんには、もっと訳の分からないことであったに違いない。その様子に気づいたミユキさんが、「あのね、太郎君、わたしたちね——」とそう言ったのだ。

「わたしたち？」

太郎さんはわたしとミユキさんを交互に眺め、

「そう、わたしたち」

ミユキさんは早口になった。

「わたしたち、そういう仲なの」

「そうなんですか」と太郎さんはミユキさんではなく、わたしに訊いてくる。

「ええ、そうなんです」とわたしが答えるより早く、「そうなのよ」とミユキさんが答え、「わたしたちね、一緒に食堂をやることにしたの」と早口のままそう言った。

「あ、あの、わたしはお手伝いということで」

しどろもどろになりながらそうつづけたが、ミユキさんの耳には届かなかったかもしれない。

「そうなんですか」と太郎さんは確かめるように繰り返す。

「そんなことより、なんの話をしていたの？」

ようやく落ち着いたのか、ミユキさんは肩でひとつ息をして太郎さんの隣に腰をおろし、

「わたしにも水をいただけます？」

ここへ来たらいつもそうしているというように、目を細めて窓の外を見た。窓の外には遊歩道が見えて、桜の木が並んでいる。いつも歩いている桜並木の遊歩道が普段と変わらずそこにあるのに、この編集室の窓から眺めていると、とても静かで、どうしてか、静かすぎて胸の真ん中がざわついてきた。

「どうぞ」

ミユキさんの前に氷水のコップを置き、

「サユリさんのアパートが空き部屋ばかりなんです」

太郎さんはミユキさんの問いに答えた。

「それで、うちの新聞に入居者募集の広告を載せましょう、とそんな相談をしていたところで」

「え、ちょっと待って」

ミユキさんはコップの水をひと口飲み、舌先で唇を舐《な》めると、

「その部屋って、わたしも借りられるのかな」

早口から一転して、自分の言葉をひとつひとつ確かめるように話した。

「わたし、いま借りてる部屋が食堂からちょっと遠いの。もっと近くに部屋を借りられないかなって探していたところなんだけど」

「それはちょうどいいですね」

太郎さんはまるで不動産屋のように、「いいアパートですよ」と大きく頷いた。「サユリさんも助かるだろうし」

「じゃあ、わたし、住んでもいい？」

「ええ——というか、本当ですか」

あまりの急展開に、わたしだけが置いて行かれそうだった。

「本当ですよ」とミユキさん。

「なんというか——そんなふうに言っていいか分からないけれど、一石二鳥だよね」と太郎さん。

「うん」「うん」と二人は頷き合い、そこには子供のときからの友人同士だけに通じる特別なやりとりが感じられた。余計なことを語る必要はなく、言葉そのものは簡素であったとしても、短いやりとりで言葉以上のものを理解し合っている。

「あ、ちょっと待って。わたし、こんなところでこんなことしてる場合じゃなかったんだ」

そう言って、ミユキさんはコップの水を飲み干した。

「くわしい話は、またあとでね」

入ってきたときと同じく、風に吹かれるようにして部屋を出て行き、なんの跡形もなく、本当にミユキさんがそこにいたのだろうかというくらい、あっけなく消えてしまった。

「驚かないように」

太郎さんが困ったような、少し笑ったような、少し悲しそうな顔でミユキさんが出て行ったドアのあたりを見ていた。

「ああいう人なんです、昔から。ここへ来たのも何か用事があったはずで、たぶん、相談したいことがあったんじゃないかと思いますけど、そんなことは忘れて、急に他の用事を思い出したんでしょう。いつもあんな感じなんです。だから、くれぐれも驚かないように」

（いえ、わたし、ちっとも驚いていません）

太郎さんに向けてではなく、自分に向けてそう言った。わたしはどうしてか、ミユキさんのような人に憧れてしまう。とっても自由で、とっても自由であるということは、とっても自信を持っているということで。でも、本人は自信を持っている自分に、ひとつも気づいていない。だから、どこか不安そうで、その不安から逃れるために自由でいようとする――そんな人だ。

そんなミユキさんが、わたしのアパートに「住んでもいい？」と、そう言った。もしかしたら、明日にはもう忘れているかもしれない。甘いものの裏側には、かならず苦いものがついてまわるのだから。

「でも、よかったですよね」

太郎さんが明るい声で言った。

「これで、心おきなくオーケストラの再開に臨めます」

「ええ」と応えながらも、わたしは自分の声がひときわ小さいことに気づいていた。もちろん、太郎さんも気づいているだろう。その証拠に、

「こわくなりましたか」

唐突にそんなことを言った。図星である。ことの流れで、もういちどオーケストラを呼び戻そうと思ったけれど、いざ現実に向き合って考えれば、そんな大それたことを自分が率先して行うのはふさわしくないと後悔し始めていた。そうした思いをシンプルにひとことで言えば、

「はい。こわくなりました」

ということになる。

「分かりますよ。僕もアルフレッドから新聞づくりを引き継ぐように言われたときは、とても自分には務まらないと思いました。でも、いざ始めてしまえば、おのずと始まったものがこちらを支えてくれるんです。それに――」

太郎さんはそこで窓の外を眺め、しばらく何かを思い出そうとしているようだった。

「それに、たしかサユリさんは以前、チューニングの話をしてくれましたよね。オーケストラの調律をするとき、オーボエに音を合わせるって」

「ええ、そうです」

「オーボエは他の楽器より音程の調整がむずかしいので、オーボエの方に他の楽器が合わせてく

れると。それは、とても素晴らしいことです。そして、そのオーボエ奏者がサユリさんなんですから、もういちど、オーケストラの皆を集めて音楽を始めるとなれば、他の誰でもなく、サユリさんから始めるべきではないですか」

そうか。そんなふうに考えたことはなかった。

「それで思い出したんですが」

実際に思い出されたことを口にしていた。

「あの工場のピアノ――もともとここにあったという、あのピアノですけど、ご存知でしょうか、ラの音がわずかに合っていません」

「ええ」

太郎さんはそこで、どうしてか、また目を逸らした。

「それはまた、僕に別の問題をもたらしています」

「別の問題ですか」

「ええ。じつを言うと、ここのところ僕は詩を書こうとしているんです。あ、いえ、ドレミのシではなく、ポエムの方の詩です。ただ、そのふたつは自分の中でつながっていて、どちらも自分の中に落ち着かなくて、いつまでも、わずかにずれたものとなって、まとわりつくんです。って、何を言っているか分からないですよね」

（ええ、分からないです）と、そう思ったが、太郎さんがわたしの向き合っている「こわさ」をほどいてくれようとしているのは伝わっていたから、それが、どういう意味なのか、どういう問題に太郎さんが向き合っているのか、

（知りたいです）

と素直にそう言いたかった。

（それでもう充分じゃない？）

どこからか、チェリーの声が聞こえてくる。

屋根裏のチェリー

誰かと誰か

「では、工場へ行ってみましょうか」

太郎さんが、さも当たり前のようにそう言ったのが、最初はすんなり呑み込めなかった。何がどうして、「では」なのか。話のつながりが見えず、それでも、なんとなく太郎さんの後についてチョコレート工場へ向かい、その道すがら、きっと太郎さんは「詩」の話をしたいのだろうと少しずつ察しがついた。

それほど時間が経っていないのだから当然だけれど、工場の中はこのあいだ来たときと何ら変わりはなかった。鯨の骨が収められた段ボール箱が積み上げられ、だだっ広く白い空間の、隅でもなく真ん中でもない中途半端なところに、あの黒いピアノがひとつ置かれていた。

太郎さんは何も言わずにピアノへ向かってまっすぐ歩いていく。仲のいい友達に挨拶《あいさつ》するみたいに、(やぁ)と声をかけそうだった。なにしろ、ピアノは太郎さんのかたわらにあったのだから、もしかして、本当に相棒のような存在なのかもしれず、であるなら、ときどきこうしてピアノの様子を見に来ていたとしても、おかしくはない。

ピアノの前に無造作に置かれた古びた椅子に腰をおろし、太郎さんは息をついて鍵盤を眺めた。

それから、おもむろに人差し指を立て、その指一本で「ラ」の音をひとつ叩いた。

ラ――。

それはやはり、わずかながら音が外れていて、あきらかに調律が必要だった。

シ――。

調子はずれの「ラ」につづいて「シ」の音が工場の中に響き、その余韻が消えぬうちに、

「不思議ですよね」

と太郎さんはつぶやいた。たぶん、わたしに向かって話しかけているのだろうが、あるいは、わたしではない誰か別の人に話しかけているようにも見えた。

「シの次はドです」

「ええ」とそう応えるしかない。

「なんというか——僕は音楽のことはよく分からないんですが、こうして、シの音を聴くと、そこにはもう次のドの音が予感されているように思うんです。だから、シを鳴らしたら、すぐにドも鳴らしたくなる。これって、どうしてなんでしょう」

「ええと——そうですね——」

わたしは知ったかぶりをして口走った。

「たとえば、ドとレのあいだは一音の開きがあります。でも、シとドは半音の差しかないんです。だから、シの音はほとんどドに向かいつつある音で——たぶん、もっと音楽理論に即した答えがあるかと思いますが、わたしは勝手にそう感じています」

「なるほど」と太郎さんは頷いた。「ドに向かいつつある音ですか」

そう言うなり、彼はもういちど「シ」の音を鳴らし、その余韻が充分に残っているうちに、すかさず「ド」の音を叩いた。

「音階っていうのは、ドから始まって、またドに戻りますよね」

急にそんなことを言われると、（そうだっけ）となり、確認するように、（ドレミファソラシド）と胸の中に唱えてみた。そう。間違いない。ドから始まって、ドで終わっている。

いえ、ちょっと待って。太郎さんはいま、「ドで終わる」ではなく「ドに戻る」とそう言った。

「そうか、戻るんですね」

わたしは少しばかり声が大きくなっていたかもしれない。

「そうなんです。だから、なんだというわけではないんですが」

太郎さんは工場の白い壁を見つめていた。

「ひとつの音から始まって、また同じ音へと戻っていく。そういう循環というか、繰り返しのようなもので音楽の基本がつくられている。それが、なんだかいいなぁと——季節みたいで」

「季節ですか」

「そう。春から始まって、夏になって、秋が来て、冬が来て。それで四つの季節が終わって、でも、そのあとにまた春が来る」

「そういえば、そうですね」

「僕は、どうも『シ』というものを冷静に捉えることができないんです。あ、いまの『シ』は音階のシじゃなくて、命に終わりがくる、あの死です」

「あ、そのシですか」

思いがけなかった。てっきり、音階のシの音につづけて話されるのは——、

「ポエムの方の詩ではないのですか」

そう訊くと、

「どちらも同じことだって、カナさんがそう言うんです」

「カナさん？」

「ええ。このあいだの上映会に来ていたでしょう。背の高い――」

「ああ、あのひとですか」

とても印象的なひとだった。背の高さだけではなく、目鼻立ちが日本人離れしていて、ずいぶんお歳を召していらっしゃるようにも見えたけれど、滑舌がよくて話し方にひとつも迷いがなかった。といっても、わたしはそのときご挨拶をしたわけではなく、太郎さんと話しているのを少し離れたところから目にしただけだった。

「カナさんは詩集専門の出版社を一人で営んでいるんです。それで僕に、あなた、『シ』を書きなさいって言うんです。で、そのときのカナさんの『シ』の響きが、ポエムの詩ではなく、音楽のシでもなくて――どうやら、命の終わりの、あの死のようなんです」

それを聞いて初めて気づいたが、その三つの「シ」は、たしかに音の響きが微妙に違うように思われる。

「だから、詩を書きなさいと言っているのか、それとも死を書きなさいと言っているのか、どちらなんでしょうとカナさんに訊いてみたんです」

「はい」

「そうしたら、それはどちらも同じことだと言うんです。わたしにとって、そのふたつはイコールで結ばれていると」

太郎さんはそこで急に話をやめ、しばらく黙っていたが、（このひとは根っからの編集者なんだなぁ）と、わたしは感じ入った。あくまで、わたしの浅はかな理解でしかないけれど、太郎さんは、「シ」という響きを介して、詩と死が結びついているのではないかと言っている。それは、よくよく考えないと理解できないことだが、オーボエ奏者であるわたしがオーケストラの調音のときに基調となる音――それは「シ」ではなく「ラ」である――を奏でることと、わたしがいまオーケストラのメンバーを呼び集めようとしていることは、「同じことです」と太郎さんは結びつけた。それが編集の仕事のすべてではないとしても、一見、つながりがないと思えた物ごとを結びつけるのが太郎さんの仕事なのだ。

何かと何かを。誰かと誰かを。

それからしばらく、太郎さんだけではなく、わたしもまた黙っていた。たぶん、太郎さんは太郎さんで考えることがあり、わたしはわたしで考えるべきことがあった。

少し頭が混乱していたかもしれない。

その混乱した頭が、工場のドアの隙間から中を覗いているわたし自身――子供の頃のわたしの姿をいまいちど呼び戻した。と同時に、あのとき工場の中のちょうど真ん中あたり、いま、わたしが立っているところから一メートルほど離れたところで睦子伯母さんが作業していたのが、まざまざとよみがえった。

伯母さんがそこでどんな作業をしていたのか、わたしには分からない。でも、とにかく真剣な眼差《まなざ》しで一心に自分の手もとを見ていた。額に汗を浮かべ、しきりに手を動かしていた。そのときの伯母の姿が、このがらんどうになった工場の中心に、白く淡く、わたしにしか見えない幻影となって浮かび上がっていた。

*

きっと、太郎さんなら、ひとつの出来事から次の出来事へのつながりがどのような意味を持っているのかあきらかにしてくれるだろう。だから、そのうちどういう意味であったか訊いてみようと思うが、ひとまず意味も理由もない衝動に駆られて、

(長谷川さんに会いに行こう)

とわたしは思い決めた。理由はともかく、長谷川さんにお会いして鯨の話をしたかった。

「わたしも一緒に行っていい?」

チェリーがそう言いながらトートバッグの中に潜り込もうとしたが、

「駄目よ」

めずらしく、わたしはチェリーを連れて行かなかった。それにも特に理由はない。でも、なぜか長谷川さんに会いに行くときは一人で行くべきだと思っていた。それはきっと長谷川さんが誰にも話していないことを、わたしにだけ打ち明けてくれたからだろう。

前回から、どれくらいの時間が過ぎたのか――おそらく五年ほど経ったように思うが、家の中に招き入れられた途端、目の前の時間は消えてなくなった。五年前にお会いしたときの時間がそのままつづいているように思える。ともすれば、おそろしいくらい静かで、外は曇っていて、午後の何時なのか分からない夕方の前のひとときだった。

部屋の中にはぼんやりと照明がともり、長谷川さんのいれてくれたほろ苦いコーヒーが湯気をたてていた。それればかりか、わたしが鯨の話をするであろうことを、あらかじめ知っていたかのように、例の鯨の模型がテーブルの上に置かれていた。

立派な頭部から、ふたつに分かれた尻尾《しっぽ》の先まで、ゆっくり、じっくりと見る――。

模型であるからなのか、それとも実際にそうなのか、鯨は無駄なところがひとつもなく、引き締まった美しいかたちを誇って、悠々、堂々と泳いでいる様がありありと想像できた。

「あなたが私に何を訊きたいか、見当はついています。だから、私の方から先んじて申し上げれば、答えはとてもシンプルで――『あれは思いもよらないことでした』と、それに尽きます」

長谷川さんはそう言って模型を眺め、

「あのガケにあの鯨が眠っていることは誰よりも私が熟知していました。ですから、まったく驚きはないんです。確実にあそこに眠っていると知っていましたから。ですが、なぜいまここで、鯨がよみがえろうとしているのか――この」

そう言って、模型をひと撫でし、

「どうして、この姿をふたたび取り戻そうとしているのか」

首を横に振った。

「発掘には参加されたのでしょうか」と訊いてみると、

「いえ」と短く答え、「正直に言えば、私は鯨が姿をあらわすことを望んでいませんでした。そんなことはあってはならないと思っていましたし、なにより私は鯨を葬った者の血筋を引き継いでいます。葬った者が掘り起こす者に転じるなど、じつに滑稽《こっけい》ではありませんか」

その口調がひときわきびしくなったように聞こえた。が、それは、わたしや世間に向けてではなく、自分自身に言い聞かせているようだった。

「しかし、鯨はよみがえるでしょう」

長谷川さんはきっぱりとそう言った。

「私がどう思おうと、鯨はよみがえります。それでいいんです。いまは気持ちが落ち着いて、そう思うようになりました。あの鯨はよみがえるべきです。年月が伝説のつづきを熟成させました。とうに終わったものと捉えていましたが、たとえ地中深く葬られても、やはり終わりは訪れない。終わりなどないのだと教えられました」

かすかに笑っているように見えた。それは長谷川さんの表情の中に初めて見つけた穏やかさで、重苦しい何ごとかから解放された身軽さがそのまま伝わってきた。

「岡さんは今回の発掘にたずさわっていらっしゃるんですか」

「いえ、そういうわけではなくて――」

「では、どうして、私に会いに来られたのでしょう」

「それはですね――ええと、じつは、もうひとつの鯨のお話をお聞きしたくて」

「ああ」

長谷川さんは窓の外へ視線を移し、すでにぬるくなり始めているだろうカップの中のコーヒーを静かに飲み干した。

「塚本のことですね」

「ええ。長谷川さんはご存知でしょうか、団長が行方不明になっていること」

「私はなるべく世間から距離を置いて暮らしたいと思っています。しかし、それでも耳に届いてしまうことはあるんです。鯨の骨があらわれたときもそうでしたし、彼が姿を消したことも、ほどなくして団員の一人から聞きました。連絡があったんです。たぶん、私が彼の行方を知っていると思ったのでしょう」

「そうではないのですか」

つい、そんな訊き方をしてしまったが、わたしは長谷川さんが団長の行方を知っているとは思っていなかった。

「彼は常に私のライバルでしたからね」

長谷川さんはさりげなく口を結んだ。それから、しばらく言葉を選ぶように逡巡《しゅんじゅん》し、

「ライバルという言い方が陳腐に聞こえるとしたら——さて、なんだろう」

首をかしげた。

「宿敵というのも大げさだし、目の上のたんこぶなんてことを昔はよく言いましたが、いまはなんと言うんでしょう。まぁ、言葉はともかくとして、私が彼の行方を知っているはずがありません。彼は賢い男です。彼の方が私に寄りつかないでしょう」

「そうなんですか」

それはわたしの率直な思いだった。二人が同じチェロ奏者であり、同じ時代に頭角をあらわしたことは、これまでに聞いたいくつかのエピソードから察していた。が、二人がお互いを憎んだり嫌ったりしているとは、とうてい思えない。

「彼は真の天才です」

長谷川さんはわたしの目をまっすぐに見つめ、これだけははっきり言っておきたい、という口ぶりになった。

「オーケストラの皆は、団長が娘の成功に――まぁ、言ってみれば、娘に追い抜かれてしまったことに思い悩んで姿を消したと思っているかもしれません。でも、そうではないでしょう。真理さんが素晴らしい演奏家であることはそのとおりです。でも、彼女の素晴らしさは、すべて父親のコピーです。それは誰よりも彼がいちばん分かっているはず。だから、自ら身を引いたんです。彼はそういう男です。自分は消えた方がいい。娘のためにも――そう考えたんでしょう」

わたしは「そういうことですか」と素直に頷いた。

「岡さんは彼を探しているんですか」

急に訊かれて、「そうですね」と口ごもってしまった。

「あの」と、おそらくここへ来た理由を話しかけ、また口ごもり、それからひと息に、

「もういちどオーケストラを始めたいんです」

早口でそう言い終えた。

「どう思われますか」

「なるほど」と長谷川さんは口元をぬぐうような仕草をし、

「さきほど、お伝えしたとおりです」

微笑を浮かべてそう言った。

「さきほど、ですか——」

「ええ。あの鯨はよみがえるべきです。伝説のつづきを熟成させるんです。たとえ地中深く葬られても、そう簡単に終わりは来ません」

*

あとになって、自分はどうして図書館に立ち寄ったのかと考えるのではないか——まさに図書館のゲートをくぐりながらそう思った。それは、長谷川さんの家に入ったときに時間が巻き戻されたように感じたことに似ていて、わたしは長谷川さんの家で時間を過ごし、「お邪魔しました」と家から出たあと、そのままアパートへ帰る道を選ばず、なんとなく、森のはずれの図書館の方へ吸い寄せられた。

子供の頃は図書館へよく通っていた。それが、いつからかまったく足が向かなくなった。正確にいつからであったか、思い出そうとしても手がかりがない。どんな本を借りて読んでいたのか、何か読みたいものや調べたいことがあったのか、そうしたこともまるで思い出せない。

ただ、いまの自分に照らし合わせてみれば、何かしら知識を得たいと思ったに違いなく、それがいまの自分にとっては、料理——この場合は「調理」と言うべきだろうか——に関するあれこれだった。

おかしなことだ。もし、いま自分がいるこの時間軸に沿ってここまで来ていなかったら、わたしはまったく別の時間の中にいただろう。その時間の中でハンバーガー屋を開き、図書館で調べるのではなく、きっと誰かに教わるか、調理学校にでも通って、人様にお出しする料理のつくり方を学んでいたはず。

それが、どういう因果か、あまりに道を逸れてしまい、にもかかわらず、調理場に立つ機会がめぐってきた。それも、思いがけないことに通いつめた食堂の娘さん——ミユキさんを手伝うかたちで実現しそうになっている。なのに、料理の基本がまるで頭に入っていない。

だから、わたしは図書館に寄り道をしたのだと、この時間を振り返ったわたしに念を押したい。そうしないと、図書館があまりにも昔どおりにそこにあるので、料理の本を探すことを忘れて、子供の頃に戻ってしまいそうだった。

まぁ、それでもいいのか。だって、何も思い出せないのだから。

そんな寂しいことはない。普通は、なじみの場所が町の開発によって失われ、風景が変わって、記憶ごと持ち去られる。が、図書館は子供の頃のまま変わらずあり、それなのに、自分の記憶の方が著しく欠落していた。

それだけではない。棚から棚へと渡り歩くうち、たまたま料理本の並ぶコーナーに辿り着いて、まさに、いまの自分にうってつけの「料理のいろは」が書かれた数冊を棚から引き出した。あたかも図書館の常連であるかのように振る舞い、その数冊を小脇に抱えて、貸出カウンターの前に立った。そこで、ようやく気づいたのだ。

貸出カードを持っていない。

いや、子供の頃につくったカードなら屋根裏部屋の無数のガラクタに混じって、どこかにある。でも、いまここにはない。それに、子供の頃につくったカードを一度も更新することなく使えるはずがない。

わたしは本を抱えたまま、貸出カードを発行している別のカウンターを探し歩いた。きっと、子供の頃の自分も同じようなあやまちを犯したのではないか。カードをつくることなく本を借りようとしたのではないか。

そうして、子供の頃の自分を図書館の片隅に探していると、空の上から眺めていた神様が時間の迷子になったわたしを憐《あわ》れんだのだろう、目的のカウンターまで難なくわたしを導いてくれた。料理のコーナーを見つけたのと同じく、(こちらですよ)と声が聞こえたかのように、その小さなカウンターに引きつけられた。カウンターの中には眼鏡をかけた女性がいて、積み上げられた本にひとつひとつスタンプらしきものを捺《お》している。

「すみません、貸出カードをつくりたいんですが」

わたしの声にその女性は素早く反応し、

「はい。ではこちらの用紙にお名前とご住所をお書きください」

そう言って一枚のプリントを差し出した。カウンターの上に用意されていたボールペンを手にし、名前を書き、住所を書き、電話番号を記して、生年月日と性別も書いた。書き上げて差し出すと、カウンターの中の女性は確認するなり、わたしの顔を見た。もういちど書面を確認し、やや不躾《ぶしつけ》なくらい、わたしの顔を見ている。

「サユリちゃん?」

その声は楽譜の上に置かれた音符そのもののようだった。わたしはその音符を読みとり、正しい記憶の方へ、すっと戻されていく。

「私のこと分かる? 香織《かおり》だよ」

そう名乗る前に、声の響きから彼女が小学校のときに同じクラスだった西野《にしの》香織だと分かった。それは、これまで経験のない時間の飛び越え方で、わたしたちはお互い大人に化けるための分厚い着ぐるみを着ていたけれど、そうしたものを取り払って、その中に隠れていた子供の頃の二人にすぐ戻った。

それは考えようによっては、いまの時間から切り離された別の時間の中に移されたとも言える。だから、わたしも彼女も子供の頃のままで、学校のことや友達のことを、こんなところで話していてもいいのかというくらいいつづけ、そろそろ切り上げようとしたところで、ふいにミクのことが思い出された。彼女もまた同じクラスだったのだから、

「そういえば、ミクはどうしてる?」

と訊けば、

「ああ、彼女はね」

とすぐに答えが返ってくるものと思っていた。ところが、

「え?」と西野香織はあらためてわたしの顔をまじまじと眺め、それから、「知らないの?」と周囲をはばかるかのように声をひそめた。

「え、何も知らないけど」

わたしがそう答えると、

「彼女、病気になって、長いこと入院して——」

急に彼女は司書の声に戻った。

「そうなの? どこの病院?」

「そうじゃなくてね」

彼女はそこだけ妙に大人びて見える薄い唇をかんだ。

「亡くなったのよ。もう何年も前のこと」


わたしは足早に図書館を出て歩き出していた。ちゃんと西野香織に、「またね」と挨拶しただろうか。手の中に真新しい貸出カードがあり、肩からさげたトートバッグの中には、棚から選びとった何冊かの本が入れられていた。といって、本の存在を確かめたわけではないのだが、間違いなくトートバッグは重たくなっていて、その重たさが、このたったいまの現実の重さそのものだった。


そんなことってある？

心の中でつぶやいたつもりだったが、実際には声が出ていたのかもしれない。

彼女がもういないなんて、そんなことある？

やはり、声になっていたのだろう。それも、結構しっかりした大きな声になっていて、その証拠に、トートバッグの中から、

「大丈夫だよ」

とチェリーが顔を出した。

わたしの声に応えるかのように。

いるはずだったミクが突然いなくなり、いないはずのチェリーが――ずっとそこに隠れていたのだろうか――、

「大丈夫だよ」

何度もそう繰り返した。

屋根裏のチェリー

絵の中の人

わたしは泣かなかった。あるいは、「泣けなかった」と言った方が正しい。

泣きたいと思ったわけではない。でも、遠く離れていても、なんとなくいつもそばにいたようなミクの存在が、自分の知らないあいだにこの世から消えていたのが、悲しいというより不可解だった。きっと、不可解であることが際立って涙が出てこないのだ。

と同時に、時間の感覚が失われたように思う。長谷川さんのお宅にお邪魔し、図書館に寄って、さて、それから何日が過ぎたのか。大体が思いつきで行動してしまうので、どれくらいの時間がどんなふうに過ぎて行ったのか、まるで思い出せない。

ただ、一日が終わって、次の一日がやってくるというサイクルは同じ夢を何度も見ることで確認できた。もともと自分は夢を覚えていない方で、たぶん、夢はかならず見ているように思うが、目覚めたときには、すっかり頭から抜け落ちている。つまり、わたしは現実の時間も夢の時間もよく覚えていなかった。

でも、このところ偽札や舞台袖の夢をたてつづけに見て、それから今度は、また違う夢を三度つづけて見た。

わたしは大きな建物の、とても広い屋上にいる。目覚めてから、しきりに反芻してみたけれど、その建物も、その屋上も記憶にはない。しいて言えば、子供の頃に行ったことがあるようにも思うし、子供の頃に見た夢の中の風景であったようにも思う。

風があり、それはどうやら海の方から吹いている。といって、屋上から海が見えるわけではなく、なぜなのか、風が吹いてくる方角に海があるのを知っている。

前髪があおられ、着ているシャツが体にぴったり張りつく。屋上には同じかたちの無機質な物干しが並んでいて、そこに真っ白なシーツが何枚も干されていた。おそらく、きちんと洗われて干してあるだろうから、シーツにはしみひとつなく、頭の上にひろがる青空や陽の光より、その数えきれないほどたくさんのシーツの白さが目にまぶしかった。

いや、まぶしさより、風にあおられて音をたててはためくその音が耳にうるさかった。

屋上には、わたしの他に誰もいない。もしかして、この建物には、わたし以外、誰もいないのでは、とも思う。しかしそうなると、このシーツは何なのか。

はためくシーツに体を打たれながら、わたしは物干し台のあいだを歩いた。いくつかのシーツが体にからまり、身動きできなくなったところで目が覚めた――。

なんのことはない、寝相が悪くてシーツが体にからまり、ベッドの上で身動きできなくなって目が覚めただけだ。

いったい、現実が夢をつくるのか、それとも、夢の中の出来事が現実に影響を与えるのか。目覚めると頰《ほお》が冷たく、風に吹かれた名ごりが体にのこっているようだった。それで、わたしはすぐに湯で顔を洗った。冬の夕方に外から帰ってきたときのように。

そんな夢を繰り返し見たことで、時間は進んでいるのだと理解でき、その証拠のひとつに、夢の中の晴天にはほど遠い曇った火曜日に、ミユキさんがアパートに引っ越してきた。

まったく、ひょうたんから駒が転げ出るようにして決まった話だけれど、それはまだ少し先のことのように思っていた。その「少し先」が、不意をつくようにやって来て、ぼんやりしているうちに「少し先」の未来に追いついてしまった。

わたしはまだミユキさんのことをよく知らない。でも、どういうわけか、もうずいぶん前から知っているような気がする。それはたぶん、ミユキさんの父親がつくった定食を食べてきたからだろう。他に思い当たることがない。

引っ越しの荷物が小さなトラック一台に余裕で収まっているのを見て、〈ミユキさんらしいな）と妙に納得してしまった。

「わたし、持ち物が多いのは嫌なの」

こちらの思いを見透かしたようにミユキさんがそう言った。そのセリフもまたミユキさんらしいと、よく知らないのになぜかそう思う。

「おかげで助かりますよ」

太郎さんがトラックから荷物を運び出しながら言った。

「荷物が少なければ、いつでも逃げ出せるからね」

トラックの窓から顔を出してそう言ったのは太郎さんではない。どこからか借りてきた白いトラックを運転し、引っ越し作業を率先して進めていたのは太郎さんとミユキさんから「ゴー君」と呼ばれている小柄な人だった。三人は同じ小中学校に通った幼なじみであるという。そのゴー君が、わたしの顔を見るなり、「大家さんのサユリさんですね」と丁寧に頭を下げた。

「僕のことはゴー君と呼んでくださって結構です。というか、子供の頃から、それ以外の呼び名で呼ばれたことがないんで」

屈託なく笑った。

「そうですか」

その笑顔に誘われて、わたしも笑っていた。ただし、笑いの裏側で、わたしにはこんなふうに

引っ越しに駆けつけてくれる友人は一人もいない、と思い知らされた。だから、

「いいですね」

という言葉は本当に胸の真ん中からごく自然と出てきた。それはミユキさんに向けてではなく、ミユキさんと太郎さんとゴー君の三人に向けて——その三人の関係をうらやましく思って出てきた言葉だった。三人はまるでお芝居の一場面のようにわたしの言葉に反応し、

「何が？」

と、いっせいにこちらを見た。

「仲のいいお友達がいて——」と、わたしが言いかけたら、

「いやいや」とゴー君が大きく手を振り、

「僕はミユキさんの奴隷みたいなもんですよ」

そう言って、また屈託なく笑った。わたしもまた、つい笑ってしまう。

「仲がいいってわけじゃないんです」

太郎さんも苦笑していた。

「なにしろ、ミユキさんは、ついこないだまで行方不明だったんですから」

「そうなんですか」

視線を逸らしたミユキさんに問いかける。

「いえ、行方不明じゃないですけどね」とミユキさんは声を落とし、「ちょっと、この町から離れていただけで」と、さらに声を落とした。

＊

話のつづきを聞いたのは、引っ越しが一段落した夕方だった。ミユキさんの部屋はわたしがいる屋根裏部屋からすると二階下になるが、それでもカーテンのかかっていない窓からガケ下の家々の屋根が夕陽を受けてアンテナを光らせているのが見渡せた。

「この町が嫌になったわけじゃないの」

ミユキさんは話のつづきを切り出した。

部屋の中には本棚がひとつ、あとは、ベッドと衣装箪笥《いしようだんす》と、こたつの布団を取り払った小さな四角い机が置いてあるだけだった。わたしの部屋とは正反対だ。わたしの部屋は何がどこにあるのか分からないくらいガラクタで埋め尽くされている。ミユキさんの部屋にはそういったものはいっさい見られず、海の上に投げ出されたようにがらんとしていた。海の上に漂う唯一のよりどころがその小さなこたつ机で、わたしたちは小さな筏《いかだ》にしがみつくようにして、ミユキさんがいれてくれたほうじ茶を飲んだ。

「この町に生まれて、この町で育って、ずっと同じスーパーで買い物をして、太郎君やゴー君と無駄話とかして、ちょっとお酒も飲んで――みたいなことが一生つづいていく。わたしの人生って、それで終わりなのかなって思ったら、なんだか申し訳なくて」

「申し訳ない?」

「うん。いなくなっちゃった人にね」

そう言ってミユキさんは「あのね」とわたしの方に向きなおる。

「行方不明になったのは、わたしじゃないの」

「というと?」

「子供の頃の話。子供の頃の話だから、自分の気持ちがよく分からないんだけど、わたし、たぶん、その子が好きだった。いまでもずっとね」

わたしは急いで頭の中を整理した。突然、「子供の頃の話」という言葉が出てきて、ミクのことに意識が吸い寄せられた。

「それはあれですか、友達がいなくなっちゃったということですか」

「そうなの。だから、いまでも彼は少年のままで。ただね、みんなはもう彼は帰ってこないって言うんだけど――で、わたしもね、そこのところはよく分かってるの。だけど、どうしても引っかかるの。そういう子だったのよ。急にみんなの輪からはずれて、いなくなって。で、しばらくすると、何ごともなかったような顔でまた輪の中に戻ってる。彼はそういう子だった。だから、彼はもう死んじゃったんだって、みんな言うけれど、いつか、何ごともなかったかのように、ふらりと戻ってくるんじゃないかって思うの」

なんだろう。頭の中で白いシーツがはためいていた。

「でもね、彼が戻ってくるのを、ずっとこの町で待っているのもどうなのかなと思って。そんなとき、たまたま観に行った展覧会で一枚の絵に出会ったの。誰が描いたのか分からない絵で——これはあとになって知ったんだけど、美術館にはそういった作者の分からない作品がたくさん保管されていて、その展示は、そうした作者不明の作品を集めたものだったの」

ミユキさんは目を閉じていた。

「次々と絵を観ていくうちに、どうしてか分からないんだけど、天国へ来ているような気分になってきて。それはね、もうそれ以上の説明はできなくて、そんな気持ちになったのはあのときが初めて。ていうか、そのあとも二度とない。でも、誰が描いたか分からない肖像画や風景画をひたすら心を静かにして観ているとね、わたし自身がこの世から遊離して、あの世からこっちを眺めているみたいな、そういう気分になったの。作者が誰か分からないというのは、もしかすると、そういう効果——と言っていいのかな——をもたらすのかもしれない」

ミユキさんは、そこで少し間を取り、

「で、展示場の廊下の突き当たりに一枚の肖像画があって」

声が少しかすれていた。

「廊下は少し薄暗くて、その突き当たりが、そこだけ空から陽が当たってるみたいにほんのりと明るかった。だから、とりわけ印象的だったんだけど、遠くから観たとき、わたしはすぐに、それが彼じゃないかと思ったの」

そう言って、ミユキさんは唇の前に人差し指を立てた。

「いいの。分かってる。わたしがおかしなことを言っているのはね。これは、あなたにだけ――サユリさんにだけ初めて話すことで、誰にも話したことがない。だって、頭がおかしくなったんじゃないかって言われるから。でも、そうじゃないの。そこが重要で、そうじゃないってことは、わたしもよく分かってる。つまり、それが彼に見えたのは間違いないけれど、彼を描いた絵であるとは思ってない。というか、そこのところはどちらでもよくて、ただ、わたしにとって大事だったのは、その絵の中の彼が、少年の彼ではなく、もっと成長した青年になった彼だったの」

そこまで聞いて、わたしは少々、頭が混乱した。ミユキさんの話によれば、「彼」と呼ばれている少年が姿を消したのは、彼が青年になる前だったはず。それ以来、行方不明のままなのだから、青年になった彼がどんな顔をしているのか、どんな佇まいであるのか知らないのでは――。

「うんうん。分かってる。もちろん分かってるの。わたしは青年になった彼を知るはずもない。

だから、当然、断定はできないんだけど、面影があるとかそういうレベルの話じゃなくて、わたしにとって、その絵の中の青年は、少年から大人になった彼そのものだったの」

ミユキさんは深呼吸をした。

「わたしが異常だったのは、そのあとの話。その絵にすぐに近づけなくて、廊下の途中からずっと見ていた。もしかすると、近づいてみたら、ぜんぜん彼に似ていないかもしれないし。似ていないだけじゃなくて、もうまったく彼に見えなくなるような気もして。だから、信じられないけれど、三十分ぐらい廊下の途中にそうして立ってた。でもね、やっぱり近くで確かめたくなって、ついに絵のそばまで歩いて、今度は顔がくっつくんじゃないかってくらいの至近距離で、じっと見たの」

ミユキさんはおだやかな顔になっていた。話し始めたときは表情の端々に緊張感のようなものがうかがえたが、そこまで話して、あきらかにやわらかい顔になっていた。

「やっぱり彼だと思った。わたしにはそう見えた。わたしにそう見えれば、もうそれでいいじゃない。で、次にわたしがしたことは――そこから先が、もっと異常だったと思うけど、まず、わたしはその展示が常設展であることに気づいたの。常設展って分かる？　そのときだけの企画展じゃなくて、通年で、いつでも観られる展示ってこと。ということはね、その絵はその廊下の奥にいつでも飾ってあるということでしょう？　そうなると、わたしは毎日この絵を観るために、この美術館に通うことになるかもしれないって思ったの。でも、さすがにね、そんなことはしたくないなって思って、それで働くことにしたの」

「え？」

「いや、たまたまね、わたしがその絵に見入っていたら、どこからか視線を感じたわけ。美術館のスタッフがね、パイプ椅子に座ってわたしの方を——正確に言うと、わたしとその絵の両方を、それとなく観察しているの。分かる？　美術館には、そういう仕事があるの。一日中、その椅子に座って監視する。展示品と展示を観る人をね」

「あの——その仕事が空いていたんですか」

「そうなのよ。そうじゃなかったら、わたしもね、その場限りのことで、そのうち忘れてしまったかもしれない。でも、そのときのわたしは普通じゃなかった。すぐに窓口で問い合わせてみたの。求人募集とかありませんかって。そうしたら、ちょうど空きがあって、しかも、監視員の仕事だって言うので、その場で決めて、一週間後には美術館のそばのアパートに引っ越してた」

　ミユキさんはやはり、この町を出たかったのだろう。きっかけは何でもよかった。だから、そのときのミユキさんには、その絵の中の青年がどうしても彼に見えたのだ。行方不明になった彼に誘われて自分もまた行方不明になる——。

「それ以外、彼ともういちど時間を共有することはできない」

そう思ったという。

約一年間、ミユキさんはその仕事をつづけた。彼女にとっては、毎日、絵の中の彼を見つづける仕事だ。もちろん、仕事なのだから他にもすべきことはあったのだけれど、誰よりもその絵を直視することで、失われてしまった時間を取り戻せると考えた。

「あのね」

ミユキさんはこたつ机の上で右と左の手のひらを組み合わせ、組み合わせた自分の手を眺めていた。

「さっきも言ってたけど、わたしたち——ていうのは、わたしと太郎君とゴー君のことだけどね——子供の頃からよく知っているってだけで、特に仲良くしているわけではないの。ただね、ひとつだけ確かなことがあって、三人とも、もういちど彼に会いたいって思ってる。そしてね、彼がいま生きているのか、もうこの世にいないのか、それは神様にしか分からないけど、自分たちは生きのこった者なんだって思ってる。いまのところね。でも、できるだけ、この、いまのところを引きのばして、引きのばすことが彼のためになるって、そう思うしかないの」

「あの」と、わたしは訊かずにいられなかった。「その絵の中の青年が本当に彼であるということは考えられないのでしょうか」

わたしはミクのことを考えていた。頭の中には少女のミクだけではなく、わたしが勝手に思い描いた大人のミクが共存している。もし、その大人になったミクが目の前の絵の中にそのまま描かれているのを見つけたら、わたしはそれを事実として受けとめてしまうかもしれない。現実がどうであるかより、絵の中のミクを探したくなるんじゃないか――。

「そうね」

ミユキさんはそう言ったきり、その先を口にしなかった。

一年間、その絵を眺めつづけ、自分自身の中にある何かに見切りをつけるように、その仕事を辞めたという。

「わたしの中の物語では、彼はどこかで生きていて、でも、子供の頃の記憶は失われてる。わたしに会ったとしても、わたしのことは覚えてない。でも、どこかで生きてる。それでいいの」

「それで、その絵を描いた人はいまも不明のままなんですか」

「美術館で働いていたのは、もしかしたら、それが解明される日が来るかもしれないと思ったからなの。もちろん、わたしなりに調べられる限り調べてみたけど――というのもね、作者が不明の作品のいくつかは綿密な調査をすることによって解明されるケースもあったの。でも、その絵を描いたのが誰なのか、いつ描かれたものなのか、正確なところは何ひとつ分からなかった」

気づくと、すっかり陽が暮れていて、

「あ、もう晩ご飯の時間ですね」

わたしがそう言うと、ミユキさんは笑い出した。

「サユリさんって、わたしが思っている以上に食いしん坊なのね」

「ええ」とわたしは口ごもる。「なにしろ、〈あおい〉に通っていたくらいですから。ちょうど、いまくらいの時間に晩ご飯を食べていたので」

「じゃあ、何か食べに行こう」

そう言いながら、ミユキさんはもう立ち上がっていた。

「そうだ。ゴー君の店に行かない?」

「あ、いいですね」

店をやっているんです、という話を聞いたばかりで、こんなに早く機会が訪れるとは思っていなかった。聞けば、彼のお店はステーキ専門店で、「ひいき目であることを差し引いても、なかなかうまいですよ」と太郎さんが言っていた。最早、食いしん坊であることがあきらかになってしまった以上、ステーキを食べに行かないか、と誘われて断る理由がどこにあるというのか。

ゴー君が「いらっしゃいませ」と声をあげるより早く、ミユキさんが「さっそく、連れてきました」とわたしの肩に手を当てた。見れば、太郎さんもカウンター席に座っていて、すでにステ

ーキを食べ終えたところらしい。その隣の席にミユキさんと並んで座ると、

「今日は引っ越し祝いってことで、お代はいいよ」

カウンターの中からゴー君が言った。

「そうこなくちゃ」

ミユキさんはメニューを見ることもなく、

「今日のいちばんいい肉を二百グラムずつ。ライスもつけて。サラダもつけて。サユリさんはね、こう見えて、たくさん食べるんだから」

「やめてくださいよ」

そう言いながらも、眼前の鉄板に並べられた肉の塊から目が離せない。

「ねぇ」とミユキさんが肉を焼き始めたゴー君に話しかけた。「わたしね、本気でロールキャベツの店を始めるんだけど」

「うん。それはもう何度も聞いてるけど」

「この店はステーキ専門でしょう。わたしはロールキャベツ専門でいくつもりなんだけど」

「ていうか、それしかつくれないんだよね」

太郎さんが小声で突っ込んだ。

「いや、そうじゃなくてね。メニューを絞った方がいいんじゃないかなと思ったの。そうだよね、

ゴー君」

「どうして、いまさらそんなこと訊くの？　ロールキャベツだけでは自信がなくなったとか」

「そうじゃないけど——もう一品、何かあってもいいのかなと思ったり」

「そうだな」

ゴー君がニヤニヤと笑うのをやめ、

「うちもね、じつは裏メニューって言うのかな、スープご飯っていうのがあってさ」

「え？　なにそれ、食べたことないけど。ライスをキャンセルして、それも注文していい？」

ミユキさんのリクエストに応え、しばらくすると、カウンターの上にステーキとサラダとスープご飯が並んでいた。

「最高じゃない」

ミユキさんの目が輝いていた。

「でしょう？　常連さんは、みんな裏メニューを頼みたがるもんなんだよ」

「いいこと教えてもらった」

ミユキさんはしきりに頷いていた。（ああ、そうか）と、わたしにはミユキさんの思惑がなんとなくうかがえる。というのも、ゴー君の店へ来る道すがら、

「〈あおい〉って、そんなにおいしかったの？」

とミユキさんに訊かれたからだ。

「それはそれは、おいしかったですよ」

わたしがそう答えると、

「ふうん、そうなんだ」

そのときもミユキさんは何かを思いついたかのように深く頷いていたのだった。

屋根裏のチェリー

始まりの「ラ」

オーボエを押し入れの中の取り出しやすい場所にしまっておいたのはどうしてなのかと自分を問い詰めたい。いつかまた、オーボエを吹くときがくると思っていたのか。

もう、オーケストラが復活することはないと、チェリーにも繰り返し言ってきた。その証しとして、オーケストラに関わるあれこれは箱の中にしまって封印をした。にもかかわらず、オーボエだけがいつでも取り出せるところにしまってあった。

直感？　それとも未練なの？

わたしの直感など、まるであてにならない。ということは、未練なのだ。若い頃は――自分をまだ若いと思っていたときは――未練がましい振る舞いはなるべく避けていた。でも、ときには未練が過去にではなく未来へ向けて自分を動かすきっかけになるかもしれないと、いつからか気づいていた。

未練でいいじゃない――。

そう開き直るようになった。若者の特権などとよく言うけれど、若者ではなくなった者の特権だってある。

押し入れからケースを取り出し、ストッパーをはずして蓋を開くと、ビロード敷きの黒いクッションに埋もれたオーボエは艶《つや》を保って健在だった。

「すごくきれい」

チェリーがケースの中を覗き込んでいる。

「こんなにきれいなものだと思わなかった」

そう。そうなのだ。わたしがオーボエという楽器に魅かれた一番の理由はその音色ではない。その形だった。複雑で緻密《ちみつ》な印象があるけれど、同時に、優雅でありながらきっぱりしていた。にもかかわらず、オーボエってどんな形？　と訊かれても、すらすら絵に描けない。そうした相反するイメージを矛盾することなく備えている佇まいにしびれたのだ。

「太郎さんが言ってたよね？」とチェリーがつぶやいた。「オーボエの音にみんなが合わせるのは素晴らしいことだって」

「そう、チューニングのときにね」

「ていうか、わたし、どうしてバンドをやりたいのかって言うとね、そうやって音を揃えて、みんなで一緒に何かするってことに憧れるの」

「うん。そう。一緒にね」

そういえば、太郎さんはこんなことも言っていた。

「僕はちょっと驚いているんです。あのミユキさんが誰かと一緒に何かをするなんて――信じられません」

ミユキさんの食堂をわたしが手伝うという話をしていたときだ。

「そうなんですか」と訊くと、

「そうですよ。僕が、何か手伝いましょうか、と言ったら、『わたし、一人でやりたいから』ってきっぱり断られたんです」

太郎さんは苦笑していた。

「ミユキさんが変わったのか、サユリさんがミユキさんを変えたのか」

「わたしがですか？」

「そうですよ。だって、サユリさんが出した音にオーケストラの皆が合わせるんでしょう？ これから一緒に演奏をする、そのきっかけの音をサユリさんが鳴らすんですよね」

「じゃあ、吹いてみて」

チェリーがそう言った。

はい、分かりました。では、さっそく――というような楽器ではない。だからこそ、皆がオーボエに合わせてくれるのだから。ただでさえ、しばらく使っていなかったのだし、なおさら調整が必要になる。でも、自然と手が動いて楽器を整えることに夢中になった。チェリーに、「すごくきれい」と褒められたからかもしれない。

事情を知らない人は、「え、そんなに？」と驚くかもしれないが、念入りに一時間ほど時間をかけて、一応、音を出せる状態に整えた。毎日使っていれば、それほど時間はかからないが、誰かと一緒に演奏をする前に、まずは自分と楽器がひとつになる必要がある。その同調に時間がかかる。最後の仕上げに楽器全体にクロスで磨きをかけ、それから自分でもおかしなことをしているなと思いつつ、部屋の窓を十センチほど開けてみた。十センチではあるけれど、それで部屋の中の空気と外の空気がひとつになる。

もっと言うと、そうして楽器が音を奏でれば、部屋の空気だけではなく部屋の外の町の空気も震わせることができる。町の空気が震えれば、町のあちらこちらに点々といるはずの楽団の仲間たちに音が届くかもしれない。耳のいい楽団員たちは、わたしの吹く調音の音――「ラ」の音に気づいてくれるかもしれない。

ねぇ、みんな、いい？　また一緒に音楽を始めましょう。

もう一度、みんなで――。

一緒に。

そして、わたしは、ひさしぶりに「ラ」を吹いた。

「形だけじゃなくて、音もすごくきれい」

チェリーはそう言ってくれたが、まさか、その一音だけでオーケストラの皆が集まってくれるわけがない。というか、音が届いているわけがなかった。伝達手段のない大昔の話であればともかく、いまは様々な文明の利器があるのだから、こんなふうに笛を吹いたり狼煙《のろし》を上げたりする必要はない。ポケットから携帯電話を取り出し、いくつかの数字を押せば、それでもうつながってしまう。

ただ、わたしはオーケストラのメンバー全員の電話番号を控えていなかった。それで、とりあえず、〈小田原デンタルクリニック〉に次回の予約をするべく電話を入れ、ビオラの玲子さんに、かくかくしかじかで練習場所が見つかり、本当にオーケストラをもう一度始めたいのです、と伝えてみた。

「ついては、楽団員の皆さまに」――とそこまで言いかけたところで、

「まかしといて」

玲子さんはそうなることを予知していたかのように、さらりと応えた。まるで、わたしが吹いた「ラ」の音を聴いていたかのように。

「そうだよ」

チェリーもまた、そうなることが当たり前であるかのように言った。

「サユリが始まりの『ラ』の音を吹いたんだから、きっと、みんな音を合わせてくれるよ」


でも、そう簡単にうまくはいかなかった。

何日かして玲子さんから電話があり、何人かは連絡がついて、「もちろん参加したい」と快い返事をもらえたけれど、何人かは連絡がつかなくて、楽団が解散したあと町を離れてしまった人もいるようだった。もしくは、連絡はとれたけれど、「音楽のことはもう忘れようと思って」と断った人もいたらしい。

それはそうかもしれなかった。わたしにしても、「またオーケストラをやらない？」と突然、電話がかかってきたら、どう答えていただろう。

（え？　また音楽をやる？）（いえいえ、もうやらないでしょう）（何かもっと別のことを始めるべきです）と胸中で唱え、「申し訳ないんですが」と首を横に振ったのではないか。

玲子さんの話をまとめてみると、およそ三分の一のメンバーが音信不通だったり、「参加できない」という答えだった。となると、オーケストラを完全なかたちで復活させるためには、新たにメンバーを募る必要がある。

「告知しましょう」

玲子さんの言葉に、わたしはまた太郎さんに頼んでみようかと短絡的に考えていた。でも、それでは自分が「ラ」の音を吹く手ごたえが感じられない。自分は何もしていない。玲子さんに頼って、太郎さんに頼るだけだ。

それに、もうひとつ大きな問題が残されていた。

団長の行方が分からない。

「また、『ラ』の音を吹いてみたら？」

チェリーにけしかけられた。そんなことをしても無駄だ。団長はもうこの町にいない。きっと、どこか遠くへ行ってしまったのだ。

「でも、いちおう吹いてみたら？」

チェリーに背中を押されて窓を十センチ開けてみた。でも、オーボエは吹かない。代わりに、わたしの方が階下から聞こえてきた音に耳を傾けていた。


トン、トン、トン。

それが、キャベツを切るときに包丁でまな板を叩く音であるとすぐに分かったのは、〈あおい〉でいつも耳にしていたからだ。そして、そんな音が階下から聞こえてくるということは、ミユキさんがキャベツを切っているに違いない。そういえば、

「どこからキャベツを仕入れるかが問題なの。まずは、いいキャベツを見つけることが何より大事だから」

ミユキさんはそう言っていた。

トン、トン、トン――。

わたしはその音に魅きつけられた。自分でもなんだかおかしくなる。わたしがみんなを魅きつけなければいけないのに、大将が泣きながらキャベツを切っていたのを思い出して、音がする階下へ――ミユキさんの部屋のドアをノックせずにおれなかった。

まな板の「トン、トン、トン」に重ねて、「トン、トン、トン」とノックをする。

すると、ドアの向こうの音は静まり、ドアの隙間からミユキさんの顔が覗いて、

「あら、いらっしゃい」

部屋の中に招き入れられた。部屋の中にはキャベツのほんのりとした甘い匂いが漂い、台所テーブルの上に大量のキャベツの千切りと、まだ丸のままのキャベツが控えていた。

「馬鹿でしょ、わたし」

錯覚かもしれないけれど、ミユキさんの目に涙がにじんでいるように見える。さすが親子だ。

理由はどうあれ、この親子はキャベツを切ると、なぜか泣いてしまうのだ。

「いろんなキャベツを試してみたんだけど、どれもしっくりこないの。しょうがないから、父にね——大将に訊いてみたの。だけど、あのひと、どうも記憶の方がね」

そこでミユキさんは、

「ああ、キャベツが目にしみる」

と小刻みに首を振った。

いえいえ、キャベツが目にしみるわけがありません。

「父は年々、記憶が曖昧になっていて。自分でも分かってるみたいで、店をたたんだ理由も、たぶんそれなの。だから、どこでキャベツを仕入れていたのか、いくら訊いても分からなかったんだけど、しつこく訊くうち、近くのスーパーで買ってきたものだと分かったの。いろいろ試したけど、あのスーパーで売ってるキャベツが一番理想的だったって。わたしも、もちろんいろいろ試してみたんだけど、半信半疑でスーパーのを試食してみたら、たしかに理想的だったの。それがこれ。このキャベツ」

まな板の上を指さした。

「千切りにしてもいいし、もちろん、ロールキャベツにも最高」

そこもまた親子ならではだった。あたらしい食堂のメニューは大幅に変わってしまうが、まさか、キャベツが引き継がれるとは予想外だった。

「よかったです」――わたしは心からそう言った。「たとえ、大将の記憶から消えてしまったとしても、わたしたちが引き継げばいいんですから」

「あれ？」ミユキさんが涙をにじませながら笑みを浮かべた。「サユリさん、いま、わたしたちって言いました？」

「そうですね――言ったかもしれませんけど、それは、つい言ってしまっただけで、わたしたちじゃなくて、ミユキさんが引き継ぐんです」

「いいえ」とミユキさんは毅然《きぜん》として背筋を伸ばした。「わたしたちですよ。わたしとサユリさんと二人で引き継ぐんです。それとも、サユリさんは迷惑？　わたしの勝手な思いつきに巻き込まれちゃって――そうよね？　サユリさんは音楽をやりたいんだものね」

「いえ、それはまだ少し先のことになりそうで、たとえオーケストラが復活したとしても、それで食べていくことはできません。それに、食堂を開くのは子供の頃からの夢だったんです」

「本当に？」

「本当に本当です。本当だってことを証言してくれる親友がいたんですけど」

「いたんですけど？」

「長いこと会っていなくて、長いこと会っていなかったら、いつのまにか、二度と会えない遠いところへ行ってしまって」

「そうなの？　遠いところって、外国とか？」

「いえ――そうじゃなくて、絵の中の彼が行ってしまったところです」

「え？」

「亡くなったことを知ったばかりで、まだ実感がないんですが」

「待って」とミユキさんは視線を外し、十秒ほど沈黙してから、「そのひとはなんというお名前？」と視線を戻した。

「ミクです」

「ミクさん――。それで、そのミクさんと、どんな食堂を開こうと思っていたの？」

「食堂というか、ハンバーガー屋なんですけど。店の名前も決めてあって、〈土曜日のハンバーガー〉っていうんです」

「なにそれ、最高じゃない」

ミユキさんの顔が笑っているのか泣いているのか分からなくなった。

「ねぇ、ちょっと待って。てことは、サユリさんはハンバーガーをつくるのが得意なのね」

「いえ、食べるのは得意ですけど――」

「食べるのが得意なら、つくるのも得意になれる可能性があるでしょう。わたしだって、本当を言うと、食べるのは得意だけど、つくるのが得意と言えるかどうかはちょっと分からないの。でも、どんなロールキャベツがおいしいかは、わたしなりに分かってる。それでよくない？　誰だって最初はそうなんだし、そこから始めるしかないでしょう」

「え、始めるってどういう意味ですか」

「サユリさんがつくったハンバーガーをメニューに加えられないかなって。こないだもゴー君に相談したけど、ロールキャベツ以外にも何かあったらいいなって思ってたの。毎日じゃなくてもいいんだけどね、一週間に一日だけとか——そう、土曜日にね、土曜日だけの限定メニューとしてハンバーガーを出すの。その名も〈土曜日のハンバーガー〉。いま、その名前を聞いて、なんだかもう決められていたみたいだなって。そうなるようにできていたんだって。だから、わたしたちが引き継ぎましょう。遠くへ行ってしまった人たちのことを忘れないためにもね」

＊

きっとミユキさんの言っていることは正しいのだろう。でも、食べるのが得意というのは、まったくそれまでのことで、本当にわたしは恥ずかしながら自分でハンバーガーをつくったことがなかった。「誰だって最初はそう」というのもそのとおりだけど、ハンバーガーどころか、ハンバーグすら焼いたことがない。

ただ、「遠くへ行ってしまった人たちのことを忘れないためにもね」とミユキさんが言ったとき、わたしはなぜかミクではなく伯母のことを考えていた。

最初はそれがどうしてなのか分からなかったが、伯母がわたしにつくってくれた唯一の料理がハンバーグだったのを思い出した。たぶん、わたしの舌が覚えている一番最初のハンバーグは伯母が焼いてくれたものだ。「おいしい」と感激したのを覚えている。

すると伯母は、「そんなの当たり前よ」と、いつもの調子で言ったのだ。

「サユリのお母さんから教わったんだから。サユリは覚えてないかもしれないけど、彼女はハンバーグをつくるのが上手でね。あんまりおいしかったから、つくり方を教わったの」

あれはたぶん嘘ではないと思う。嘘ではないけれど、いまにして思えば、伯母はわたしを喜ばそうと思って、あのハンバーグを焼いてくれたのだ。ほとんど料理などしたことがなかった伯母が、ときどき思い出したように、

「サユリ、ハンバーグつくってあげようか」

と、そのときだけ声が優しかった。

そんなことはずっと忘れていた。父や伯母や祖父のことはときどき思い出すが、母のことは、ほとんど記憶にないので思い出す機会がない。思い出しようがなかった。もちろん、母のハンバ

ーグがおいしかったことも、わたしは覚えていない。

というより、母はいまもどこかで生きているだろう——そう思っている。

おかしな話だ。亡くなった人たちのことは思い出すのに、生きている人のことはすっかり忘れている。

ミクもそうだった。

(そうか)と、これまで一度も考えたことのなかった思いが立ち上がってきた。

母がいまも生きているという確証はどこにもない。わたしが勝手にそう思っているだけで、ミクがそうであったように本当のところは分からない。

逆に言うと、たとえ母がもうこの世にいなかったとしても、本当のことを知るまで、わたしの中で母は生きつづける。そうした人は誰かの心の中で生きつづける。当人は何も知らない。まさか、自分がつくったハンバーグが伯母に引き継がれ、それと知らずに、わたしの記憶にも引き継がれているなんて。

太郎さんに会いに行こうと思った。

頭の中が、いまここにいない人のことでいっぱいになりそうだったからだ。

ここにいない人のことを考えるのは大事なことだけれど、これから先のこと——これから出会うかもしれない人たちに思いを寄せるのは、もっと大事なことだ。

太郎さんもその一人だ。

いまはもう、こうして知り合いになってしまったが、ほんの少し前まで、わたしは太郎さんに「会いに行こう」とつぶやくことはなかった。太郎さんと知り合わなければ、ミユキさんに出会うこともなかった。

誰かに出会うことが、その先の誰かに出会うことにつながっている。

だから、太郎さんに頼るのを躊躇《ちゅうちょ》しなくてもいいのかもしれない。

「一緒にオーケストラをやりませんか」と〈流星新聞〉で告知してもらい、まだ出会っていない未来の仲間に会いに行く。わたしが一歩を踏み出すことで。


夕方。

アパートを出て坂道を下り、ガケ下の遊歩道へ出ると、迷うことなく太郎さんがいる編集室に向かって歩いた。いつもより、自分の足音が大きく聞こえる。わたしはきっと意気込んでいるのだ。ずっと忘れていた。心臓が高鳴っているような気さえする。

でも、こういうときに限って、神様は気まぐれな仕打ちをする。

編集室はあかりが消えていて、中を覗き込んでみたが、真っ暗で誰もいないようだった。鍵もかかっている。太郎さんは出かけているようだ。

どうしてか、太郎さんがそこにいないと分かったら、急に町の中から誰もいなくなってしまったような気がした。夕方には、そんな時間がある。誰の姿も見えず、気配もなく、わたしの知らないあいだに町からみんないなくなってしまって、わたし一人だけが取り残されている。

空を見上げると一番星らしきものが見えた。一番星とわたしだけだ。

(待って)と、わたしはわたしに声をかける。(そうじゃない。一番星はひとつだけ残された星じゃなくて、最初に光を与えられた星のはず)

だから、陽が落ちて暗くなっていくのは心もとないけれど、その心もとなさと引き換えに、空にはひとつ、ふたつと星の数が増えていく。

そんなことを考えながら遊歩道を引き返すうち、遠くの方でピアノの音が鳴っているような気がした。それ自体は何もめずらしいことではない。誰かがピアノの練習をしている。それが、かすかにこちらの耳まで届いている。

でも、しばらく耳を澄まして聴いていたら、そのピアノは、「ラ」の音が正しく調律されていないと分かった。

チョコレート工場に近づくにつれてピアノの音は大きくなり、ポツリ、ポツリと探るように音が奏でられるたび、空にも星が増えていく。

なんだか不器用なピアノの音だ。だから、星もまた不器用にでたらめに増えていく。


太郎さんだった。

工場の中にはやんわりとあかりがともっていて、音をたてないように忍び足で入っていくと、ピアノの前に座った太郎さんの後ろ姿が見えた。ひとつ、ふたつと音を鳴らしては、何か考えごとをしているように見える。

その時間がどのくらいつづいただろう。

「太郎さん」と、わたしは声をかけた。

「え？」と太郎さんは驚いたようにこちらを振り返り、「あ、サユリさんでしたか」と応えた声が少し震えているようだった。

「何をしているんですか」と訊くと、

「詩を書いていました」

そう言って、太郎さんは「シ」の音をそっと叩いた。

屋根裏のチェリー

テーブルクロス

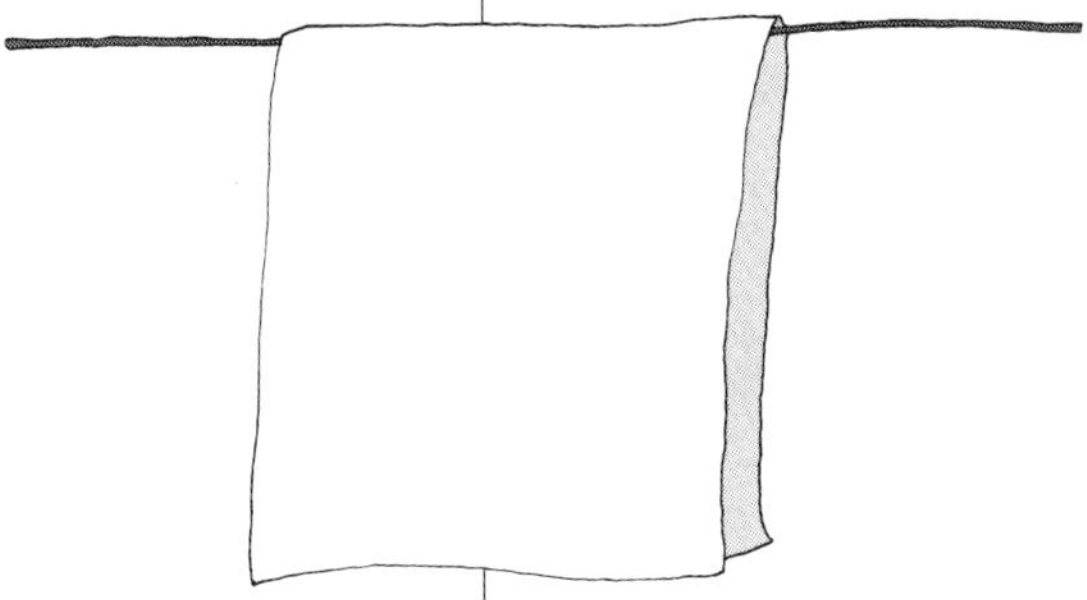

「詩を書いていました」と太郎さんは言ったけれど、実際はピアノの前に座って、思い出したように鍵盤を叩いているだけだった。それがどうして詩を書くことになるのだろうと、わたしが訊く前に、

「なんとか離れようとしているんです」

太郎さんは黒々としたピアノの表面に映る自分の顔を見ていた。

「どうしても客観視できなくて。考え始めると、それにとらわれてしまうんです。なんだか恐ろしいような気がして――このあいだも、思いがけずフィルムの中に彼が登場したとき、いきなり心臓をつかまれたような気がしました。でも、彼はフィルムの中にいて、自分はそこから遠く離れている。はじめて、そう実感できたんです」

太郎さんの話を、わたしはすぐに理解できなかった。でも、太郎さんの言う「フィルムの中の彼」と、ミユキさんが話してくれた「絵の中の彼」が結びついた。

「友達が行方不明になったとミユキさんから聞きました」

わたしがそう言うと、

「川に流されたんです」

太郎さんは白い長袖シャツの袖を、右、左と順にまくり上げた。

「僕とゴー君も一緒でした。でも、僕らはこうしてここにいる。しかし彼は――」

「その川というのは」

「ええ。いまは暗渠になっていますが、すぐそこを流れていたあの川です」

そういえば、子供の頃、そんな話がガケ下から伝わってきた。「テレビのニュースで見た」とクラスの誰かが言っていた。今の今まで忘れていたけれど――どうして人は命に関わるようなことでも、忘れてしまうんだろう――たしかにそんなことがあった。

「彼のことを忘れないために、いつでも彼と一緒にいる、そうするべきだと思ってきました。だから、彼がいなくなってしまったことを客観視できなかったんです。客観視しようとするたび、罪悪感を覚えました」

そう言って太郎さんは鍵盤の上に指を置いたが、置いただけで音は鳴らさなかった。

「このピアノは調律が必要です。丹後《たんご》さんにお願いしてみましょう」

「丹後さん？　たしかチョコレート工場の名前がタンゴでしたよね」

「ええ。彼は父親のあとを継いで工場を経営していました。でも、うまくいかなくなって、いまは電気工事の仕事をしています。その前はいろいろと転々としたようで、調律師をしていたこともあると言っていました。彼は音楽の才能があるんです。ヴァイオリンを弾くんですよ」

「もしかして、このあいだの上映会でヴァイオリンを弾いていた――」

「ええ、そうです、あの彼です」


それから一週間ほど、ミユキさんとわたしはロールキャベツとハンバーガーの試作を繰り返した。お互いの試作に、思わず「おいしい」と声をあげたときが完成の目安と決め、一週間の終わりに差し掛かったとき、ようやく食堂のテーブルをはさんで、「おいしい」と顔を見合わせた。

〈土曜日のハンバーガー〉とすでに名づけられたものを、いざ、試作する段になって、わたしはどんな味を目指すべきか分からなかった。でも、まずは自分が「おいしい」と声をあげた記憶を辿り、いくつかのハンバーガーの記憶を通り越して、伯母がつくってくれたハンバーグに行き着いた。だから、つくり方も分からないその味を、かすかな記憶を頼りに、どうにかハンバーガーに仕立て上げた。

「じゃあ、次は太郎君にでも食べてもらおうか」

ミユキさんの提案に同意し、

「もう一人、参加してほしい人がいるんです」

ふと思いついた。

丹後さんだ。ぜひ、お会いして話してみたかった。ヴァイオリンのことやチョコレート工場のことなど、訊いてみたいことがいくつかある。

そして、それは三日後に実現した。

「試食とはいえ――」

「最初のお客さまですから」

わたしたちは食堂を整えた。整えたというより、余計なものを削《そ》ぎ落としたと言った方が正しい。〈あおい〉に欠かせなかったテレビをはじめ、わたしには馴染み深いものがいくつかあった。でも、ミユキさんにはそれがない。それで、ほとんどすべてのものが排除されることになった。

そうしてみると、結局、のこされたのは、いくつかの古びたテーブルと椅子だけだった。それらはいかにも古めかしく、こんなにくたびれていただろうか、と違和感を覚えた。

「テーブルクロスは、毎日、洗うこと」

突然、口調を変えたミユキさんの声が店の中に響いた。

「父がそう言ったの。他のことはどうでもいいけれど、テーブルクロスだけはいつでも真っ白でなければ駄目だって」

そうだ。違和感の理由はそこにあった。〈あおい〉のテーブルは、いつ行っても、テーブルクロスが白く輝いていた。いかにも清潔な感じがした。

「いらっしゃい」と大将がコップに注《つ》いだ冷たい水をテーブルクロスの上に置くと、それこそ余計なものが削ぎ落とされた清々しい気分になった。

「だから、洗っておいた」

ミユキさんは厨房《ちゅうぼう》の奥から真っ白なテーブルクロスを抱えてきて、二人でクロスの角を持って、一枚一枚、テーブルにかけていった。古びたテーブルが見えなくなり、真新しいテーブルクロスがかけられると、何かが終わって何かが新しく始まるのだと、頭の上の方から誰かに言われた気がした。

*

「とてもおいしかったです」

そう言って、丹後さんは食後のコーヒーをテーブルクロスの上にこぼした。猫舌であるらしく、そんなに熱くはないはずなのに、飲みかけたコーヒーをソーサーに戻し損ねて、カップが倒れかけた。あやうく転倒はまぬがれたものの、こぼれたコーヒーがテーブルクロスにしみをつくった。

「すみません」

丹後さんはそれから何度、「すみません」を繰り返しただろう。そこに、その人柄が集約されていた。太郎さんにも、そういうところがある。何もしていないのに、口ぐせのように「すみません」と恐縮していた。

「すみません、コーヒーのおかわりいいですか」

太郎さんがかしこまってミユキさんに頼んでいるのを見ると、なんだかおかしくなってくる。

「おいしさの中に、懐かしさを感じました」

丹後さんの話し方には、ところどころ、祖父を思い出させるものがあった。祖父は「吝嗇家」ではあったけれど、それはつまり、「余計なことは口にしない」という態度のあらわれでもあった。整った薄い唇と、睫毛《まつげ》の長い印象的な目もとも、どこか祖父に似ている。だから、わたしにとっても、丹後さんの存在そのものが懐かしく思えた。

「うちは母親が早くに亡くなってしまったので、私も兄も、おふくろの味というのが、よく分からないんです。ただ、工場で働いていたムツコさんという方が、うちの台所でハンバーグをつくってくれたことがありまして」

え？

わたしは声をあげそうになるのを抑えて話のつづきに耳を傾けた。

「その味を覚えているかというと、覚えてはいないんです。でも、ひさしぶりにそんなことを思い出しました」

余計なことは話さないので、丹後さんはそれ以上、何も語らなかった。でも、その「ムツコさん」というのは、ほぼ間違いなく伯母だろう。

どうして伯母が丹後家の台所でハンバーグなど焼いたのかと推測すれば、子供たちの父親とそれなりの関係があったからではないか――。

そのまま台所でエプロンをして子供たちの母親になっていたかもしれず、しかし、そうはならなかった。工場の雇い主と従業員の関係にトラブルが起きたのではなく、おそらく、男女の関係が終わりを迎えたのだ。伯母が工場を辞めた理由はそれだ。辞めた理由を訊いたわたしに、父が答えなかったのも合点がいく。

わたしは頭がぼんやりとし、ぼんやりしたままテーブルクロスのコーヒーのしみを眺めていた。

試食会を終えたその帰りぎわ、太郎さんが、「あの、これ」と言って、わたしに封筒を差し出した。「あとで読んでください」

はい?

「いえ、ラブレターではないですよ」

太郎さんは笑っていた。

「詩です」

急に声を落とした。

「まだ短いものしか書けないんですが、よかったら読んでみてください」


わたしはそれを屋根裏部屋の窓辺で読んだ。

(ここから昔は川が見えたはず)と十センチだけ窓を開けてみた。

手渡された封筒は事務用のそっけないもので、中に入っていた折りたたまれた紙も、何の変哲もないコピー用紙のようだった。

(すみません)と太郎さんの声が聞こえてくる。

小さな字で、本当に短い言葉が並んでいた。

もういちど会いたいです。
君に伝えたいのは、それだけだ。
でも、もし本当に君と会えたら、
僕は君に何を話すだろう。

チェリーがわたしの肩ごしに「もういちど会いたいです」と読み上げた。読み上げるだけではなく、「会いたいです」と節をつけて歌うように口ずさんだ。

「なんだろう。どうしてか、言葉の中から音楽が聞こえてくる」

それはきっと、太郎さんにとって、詩を書くことと、死について考えることと、ピアノのシの音を鳴らすことがひとつながりになっているからだ。

すみません。

うまく言えないけれど、わたしもそう思います。

その三つの「シ」は、わたしたちには見えない深いところで——暗渠になっていまも流れている川のように、どこか深いところでつながっているのです。

わたしはチェリーが口ずさんだ「会いたいです」のメロディーを頭の中の楽譜に書き起こしてみた。書き起こすほどに、そのあとの旋律が自然と思い浮かぶ。

引き出しにしまってあった五線紙を取り出し、レモン・ソーダの景品でもらったボールペンで音符を書いた。

「すごい」とチェリーが囃《はや》したてる。「音楽ってこんなふうにつくられていくんだね」

いつ以来だったろう。もしかして、あの中学校の課題――学校のチャイムを作曲したとき以来だろうか。

*

わたしのカレンダーには、しっかり印をつけておいたが、その日は休日でも祝日でもない、ごく普通の水曜日だった。集合時間は午後三時で、その集合時間というのも、わたしが勝手にそう呼んでいるだけだ。丹後さんと太郎さんにしてみれば、チョコレート工場に置いてあるピアノの調律が、その日のそのくらいの時間に終わるであろうという見当に過ぎない。

「それはもう丹後さん次第なので、はっきりしたことは言えません。でも、大体、そのぐらいには終わっているんじゃないでしょうか」

耳に当てた携帯電話から太郎さんの声がくぐもって響いた。元気がないようにも思えたが、その理由はおよその察しがついていた。きっと、太郎さんは、自分が書いたあの短い詩を、わたしがどう感じたか知りたいのだ。

「あの」と、わたしは太郎さんの期待に応えることにした。「いただいた詩を読みました」

「短すぎますよね」

その言葉を準備していたかのように、太郎さんはものすごく早口だった。

「ええ。もっと読んでみたいという意味では短すぎるように思います。でも、太郎さんがどんな詩を書きたいのか、それは理解したつもりです」

「そうですか」

「詳しくは、工場でお会いしたときに」

わたしはひとまずそれだけを伝えて電話を切ったが、切り終えたあと、大事なことを言い忘れたのを思い出して、すぐにかけなおした。

「丹後さんにヴァイオリンを持ってくるのを忘れないようにとお伝えください」

「ヴァイオリンですか――」

そこで、さらに大事なことに気がついた。丹後さんがヴァイオリンを弾くとなれば、ピアノを弾く人がいなくなってしまう。そもそも、丹後さんがピアノを弾けるかどうかも分からないし、太郎さんが弾けないであろうことは確かめるまでもない。

「このあいだの上映会で、ピアノを弾いていた青年がいましたよね」

「ああ、バジ君ですね」

「バジさんとおっしゃるんですか」

「ええ。そういえば、彼の本当の名前を僕は知りません。でも、僕はそう呼んでいます」

「では、そのバジさんも調律のときにいらっしゃれたらいいですね」

「ええ、彼は来ることになっています」

「それならいいんです」

安心して、わたしは電話を切った。

「ねぇ、何が始まるの」

チェリーの瞳に屋根裏部屋に射し込んだ陽の光が反射していた。目を輝かせる、とはこのことを言うのだろう。

「せっかくだから、音合わせをしようと思って」

「じゃあ、サユリもオーボエを吹くの？」

「そうね。そういうことになるのかな」

待って。そうなると、ピアノとヴァイオリンとオーボエが揃うわけで、となれば、ビオラやチエロもほしくなる。

玲子さんに電話をかけると、

「あ、ぜひ私も参加したい。水曜日でしょう？　その日ならクリニックが休みだし、一度、見ておきたかったの。だって、その工場がオーケストラの練習所になるかもしれないのよね？」

水曜日はクリニックが休みなので工場の見学に行けるかもしれない——と太郎さんに嘘をつい

たときのことを思い出した。もう、ずいぶんと前のような気がする。もし、あのとき太郎さんがわたしに電話をかけてこなかったら、いまごろ、どうなっていたのだろう。どうにもなっていなかったか、あるいは、まったく想像もつかない別の道を歩き始めていたかもしれない。

午後三時を待たずに、わたしはオーボエのケースを携えてアパートを出た。集合時間より十五分は早く、チョコレート工場につづく路地を歩きながら耳を澄ました。路地に入る前から、かすかにピアノとヴァイオリンの音が聞こえ、控えめに鳴らしているのか、最初は聞きとれなかったけれど、近づくにつれて、ラの音が正しく調律されているのが分かった。

「こんにちは」と、わたしは工場の扉を開けて中に入った。太郎さんが気づいて手を挙げ、「調律は済みましたよ」と言いながら、わたしが抱えていたオーボエのケースをじっと見た。わたしが使っているケースは、一見、旅行鞄に見えるのだ。

丹後さんに、「先日はありがとうございました」と試食会の礼を言うと、「いえ、すみませんでした。コーヒーをこぼしちゃって」と、まだ恐縮している。

ピアノの前に座っている青年――彼はピアニストとして優れているだけでなく、唇の動きを読みとる読唇術をマスターしていた――を、「バジ君です」と太郎さんが紹介してくれた。

「岡小百合と申します」と挨拶し、声には出さずに「オーボエを吹きます」と唇だけ動かすと、

「そうですか、オーボエですか」

とバジ君は興味深そうな顔になった。

わたしは太郎さんに、

「旅行に行くわけじゃありません」

と抱えていたケースを小さく叩き、そのまま床に置いてケースの蓋を開いた。開いた瞬間、三人が示し合わせたかのように、「おお」と声を揃える。すぐに吹けるように準備はしてあった。あとは三つに分かれたパーツを組み立てるだけだ。

こういうとき、楽器を手にしたり、楽器を前にした者たちは必要以上の言葉を交わす必要がない。そこに楽器があるのだから、あとはもう、それを奏でて音を合わせればいい。

「曲をつくってきたんです」

レモン・ソーダの景品のボールペンで書いた楽譜を譜面台に置いた。

「タイトルはまだありません。未完成です」

「ほう」と丹後さんが楽譜を一瞥し、最初の四小節を軽く弾いてみせた。太郎さんは、驚いたり、笑ったり、神妙な顔になったりしている。

「太郎さんの詩を読んでつくったんです」

他の二人に聞こえないよう、声をひそめて彼だけに伝えた。もしかして、バジ君はわたしの唇を読みとったかもしれないけれど――。

　簡単な楽譜だった。きっと、丹後さんは心得があるだろうが、わたしは正確なスコアを書く自信がない。だから、コードと主旋律だけを記すにとどめ、にもかかわらず、バジ君はすぐに左手でベースラインを弾き始めた。丹後さんは主旋律に応じた対旋律を即興で弾き、遅れをとったのはわたしの方で、二人がそうして楽曲を把握したところで、ようやくメイン・メロディーをたどたどしく吹いた。

　それでも、三つの楽器が奏でる音は、そうして重なり合うことが約束されていたように気持ちよくひとつになった。ぎこちなかったのは最初のうちだけで、二人は何度か繰り返し弾くうち、細かい修正を加えて調整した。こんな言い方はありきたりかもしれないけれど、とても初めてとは思えず、もう何年も一緒につづけてきた気心の知れたプレイヤーと合奏しているようだった。

　それが決して、わたしだけの感慨ではないと証明されたのは、合奏を始めてしばらくしたところで、ビオラの玲子さんが、「遅くなりました」とあらわれ、皆と挨拶を交わすのももどかしげに、「私も仲間に入れて」と、すぐにケースからビオラを取り出したからだ。

「さぁ、始めましょう」

　玲子さんはほとんど譜面を見ることもなく、ただ、わたしたちの演奏を聴いて、これもまた最初から仕組まれていたようにビオラのパートをその場でつくりながら弾いた。

玲子さんが〈鯨オーケストラ〉の中でも飛び抜けてすぐれた奏者であったことはよくよく分かっていた。が、仮に技巧的にすぐれていたとしても、これほど対応能力に長《た》けている人はめずらしい。その対応の早さに、バジ君だけではなく、丹後さんまでもが舌を巻くと、

「だって、三人の演奏が完璧だったから」

玲子さんの方が感服しているようだった。

「本当に、いま初めて一緒に演奏しているんですか」

太郎さんは目の前で起きていることが信じられないようで、わたしはわたしで、自分のつくったラフな曲が、たちまち、完成された楽曲に形を成したことに驚いていた。それは合奏することの喜びによるものであると同時に、音楽そのものが持っている求心力の賜物《たまもの》なのだとあらためて思い知らされた。

でも、本当に音楽の力に畏れにも似た思いを抱いたのは、そこへもう一人、思いがけない人が加わってからだ。

最初はわたしもその人が誰なのか気づかなかった。まさか、その場にいらっしゃるとは予想していなかったし、工場の中に入ってきたその人は、ピアノのまわりに集まったわたしたちではなく、工場の隅に積み上げられた段ボール箱の方に気をとられていた。てっきり、鯨の標本のプロジェクトに関わる人なのだろうと思っていた。その憶測は半分合っていたとも言えるけれど、そ

の人が抱えていたのが、標本の組み上げに使われる工具ではなくチェロを収めたケースであると気づいた途端、

「来てくださったんですね」

玲子さんが立ち上がって、その人に声をかけた。すると、その人はいま気づいたというようにこちらへ視線を向け、ちょうど窓からの陽射しがその人の眼鏡のレンズを光らせたとき、その反射の奥に控えている優しい眼差しが長谷川さんのものであると分かった。

「長谷川さん?」とわたしも立ち上がりかけると、「まぁまぁ」というように、長谷川さんはケースを胸にあてがって両手でこちらを制した。

「わたしがお招きしたんです」

玲子さんがそう言うのに重ね、

「まぁまぁ、座ってください」

と長谷川さんは笑っている。

「岡さんにあんなことを言ってしまったので、のこのこやって来るのはどうかなぁと思ったんです。でも、あの鯨がどんなふうによみがえるのか、それを見届けるのが、こうした運命に巡り合った私の役割なのかなと」

「本当にそうですか?」と玲子さんが疑うような目になった。「本当は――」

「またチェロを弾きたくなった。それが本心です」

長谷川さんは笑っていた。

「ましてや、団長が不在となれば、鬼の居ぬ間にのびのびと弾けますし」

わたしは胸がいっぱいになった。

本当は、長谷川さんがどういう人なのか——わたしたちのオーケストラのベテラン・メンバーであるだけでなく、この二百年ぶりによみがえろうとしている鯨にも深い縁があるのです、と皆に紹介したかった。

でも、長谷川さんは、

「挨拶は後まわしでいいでしょう」

そう言って、じつに手馴れた様子でケースからチェロを取り出した。

「では、さっそく」

とピアノを弾き始めたバジ君の左手に合わせ、長谷川さんは音を探りながらも力強く弾き始めた。わたしたちも追いかけるように演奏に加わり、それは、それまでの四人のアンサンブルとはまるで違う、重厚で広がりのあるものになった。たったひとつ、チェロの音が加わったことで、音楽全体が一挙に命や魂を持ったもののように立ち上がった。

立ち上がって、動き出している。

ねぇ、チェリー、聞いてる？

どこにいるの？

チェリーのおかげだよ。チェリーが口ずさんだあのメロディーが、こんなに大きく立ち上がって動き出してる。ねぇ、聞いてる？

どこにいるの？

返事をしてよ。


でも、わたしには分かっていた。

分かりたくなかったけれど、いつかそうなるだろうと予感していたのだ。

「それがいまなの」

と、他の誰でもなく、チェリーがわたしに言うだろう。

もう、大丈夫だよ、と。


屋根裏部屋に戻り、静まり返った部屋の中でひとつ深呼吸をして、もういちどその名を呼んでみた。

「ねぇ、チェリー」

声が聞こえるまで息をひそめて待っていたが、ただ部屋の静寂が増していくばかりで、ついにその返事を聞くことはできなかった。

*

そして、季節はある日、なんの予告もなしに変わっていく。

風の強い日だった。

知っている。この風をわたしは知っていた。海から吹いてくる風だ。といって、わたしは海がどちらの方角にあるのか知らない。

でも、その風は海から吹いていた。

わたしとミユキさんは食堂にいて、風にガタつくガラス戸の音を聞きながら、洗い上がったばかりのテーブルクロスをランドリーバッグにしまい込んでいた。

「コインランドリーに行きますか」

「いえ、今日こそ屋上に干してみない？」

ランドリーバッグを背負って坂をのぼり、アパートに戻って階段をあがった。

息が切れる。

アパートに屋上があることを発見したのはミユキさんだった。閉めきったままになっていた屋根裏部屋の裏口に小さな階段があり、

「ねぇ、この上はどうなっているの？」

と好奇心に駆られたミユキさんが見つけたのだ。

そういえばそうだった。わたしはすっかり忘れていたのだが、いずれにしても、屋上には用事がなく、おそるおそるのぼってみたところ、錆びついたアンテナと避雷針が立っていた。コンクリートが敷かれた、意外に丈夫そうな屋上だ。

「ここ、いいじゃない」

ミユキさんは例によって余計なものを削ぎ落とし、何日かかけて、すっかりきれいに整えてしまった。そこに物干し台を置き、

「洗い終えたテーブルクロスを干したい」

と言い出した。

「だって、毎日洗う必要があるんだから、コインランドリーに頼ってばかりはいられないよ」

それで、天気のいい日は屋上に干すことに決めた。今日がその日で、天気は申し分なく晴れわたっているけれど、少しばかり風が強い。

わたしたちは黙ってテーブルクロスを干した。

テーブルの数より余計にあるので、全部で六枚ある。あまりに風が強いので、その六枚と格闘するように干した。すでに乾き始めてはいるが、まだ水気をもったテーブルクロスは、あたかも風の意思を伝える生き物のようにまとわりついてくる。

まとわりついたクロスをほどくと、また別のクロスがまとわりついてきた。

洗いたての、真っ白な、それはそれは真っ白なテーブルクロスだ。もちろん、コーヒーをこぼしたしみのひとつもない。

「ねぇ」

ミユキさんがクロスにからまりながら話しかけてきた。

「どうしてか分からないけど、あんまり白くて泣けてきちゃう」

そうですね、と答えるまでもなく、わたしの目から涙がこぼれ出していた。

空は晴れていて、海の方から風が吹いてくる。

わたしとミユキさんは真っ白なテーブルクロスにからまり、ただ二人きり、この町のいちばん高いところにある屋上で風に吹かれていた。

初出◉Webランティエ　2020年4月～2021年6月

著者略歴

吉田篤弘

よしだ・あつひろ

１９６２年東京都生まれ。小説を執筆するかたわら、クラフト・エヴィング商會名義による著作とデザインの仕事を行っている。著書に『つむじ風食堂の夜』『それからはスープのことばかり考えて暮らした』『台所のラジオ』『おやすみ、東京』『流星シネマ』『チョコレート・ガール探偵譚』『月とコーヒー』『ぐっどいゔにんぐ』などがある。

Kadokawa Haruki Corporation

吉田《よしだ》篤弘《あつひろ》

屋根裏《やねうら》のチェリー

*

2021年7月18日 第一刷発行

発行者　角川春樹

発行所　株式会社 角川春樹事務所

〒102−0074 東京都千代田区九段南2-1-30 イタリア文化会館ビル

電話　03-3263-5881(営業)　03-3263-5247(編集)

http://www.kadokawaharuki.co.jp/

印刷・製本　中央精版印刷株式会社

ISBN 978-4-7584-1386-2 C0093

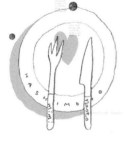